沢里裕二

処女刑事

東京大開脚

実業之日本社

実業之日本社文庫

本書は書き下ろしです。

本作品はフィクションであり、実在の個人・団体とはいっさい関係ありません（編集部）

目次

プロローグ……5
第一章　バク転ガール……27
第二章　闇からのメッセンジャー……80
第三章　ザ・ギャング・オブ・スポーツ……172
第四章　ハニー&ソルトトラップ……221
第五章　東京大開脚……264
初めに読んでほしい「あとがき」……314

主な登場人物

岩木乃愛《いわきのあ》……光玉川スポーツ倶楽部トレーナー。元有名体操選手

篠田涼子《しのだりょうこ》……新宿七分署・生活安全課の刑事

青木久彦《あおきひさひこ》……朝比奈製薬体操クラブ主任コーチ。元日本代表体操選手

〈性活安全課〉

真木洋子《まきひろこ》……性活安全課課長。キャリア

松重豊幸《まつしげとよゆき》……新宿七分署・組織犯罪対策課出身のベテラン刑事

上原亜矢《うえはらあや》……新宿七分署・生活安全課出身の元万引き担当

小栗順平《おぐりじゅんぺい》……新宿七分署出身のIT担当捜査官

岡崎雄三《おかざきゆうぞう》……警視庁公安部外事課からの出向。キャリア

相川将太《あいかわしょうた》……新宿七分署・地域課出身。元交番勤務

新垣唯子《あらがきゆいこ》……新宿七分署・庶務課出身

石黒里美《いしぐろさとみ》……神奈川県警広報課出身。元タレント

指原茉莉《さしはらまり》……民間委託刑事。元フリーカメラマン。

プロローグ

1

真夜中だった。

夜空を見上げると、まるで舞台用の紙吹雪《かみふぶき》のような真っ白な雪片が、ひらひらと舞い降りてきていた。いくつも折り重なって降ってくる。

歌舞伎町《かぶきちょう》で、この冬、初めて見る雪だった。

よりによって今夜とは、な。

あずま通りの中ほどまで来たところで、的場宏幸《まとばひろゆき》は、苦笑いをした。

歌舞伎町の悪漢《ワル》どもが、みずからの罪を隠そうと、雪のベールで、町ごと覆い隠そうとしているみたいだ。

そうはさせねぇ。

的場宏幸は、ポケットに両手を突っ込んだまま、顎《あご》を斜めに引き、背広の襟に差し込んだ超小型のピンマイクに向かって囁《ささや》いた。

「突っ込むぞ」

すぐ目の前のビルの六階に、会員制スポーツクラブを模した箱型ヘルス『歌舞伎町ファイト』がある。煉瓦《れんが》柄のビルだ。

これから、そこに家宅捜索《ガサイレ》をかけにいく。もっとも風俗嬢の検挙が目的ではない。極道のアジト潰しだ。

的場は新宿七分署捜査課組織犯罪対策係《マルボウ》の刑事だ。

内偵の結果、非指定暴力団『爆風会《ばくふうかい》』の組事務所がここにあることがわかったのだ。

「チンケなところに隠し事務所なんか持ちやがって」

正統派の日本のヤクザならこんなところに事務所は構えない。みずからの存在感を誇示するために、堂々とビル一棟を所有し看板を掲げている。

風俗店を隠れ蓑《みの》にするなど、いかにも和僑《わきょう》マフィアならではの姑息《こそく》な振る舞い方だ。

ここに内偵をいれるのは、脱走した風俗嬢からのタレコミがきっかけだ。とっとと潰してやる。そうじゃねぇと、俺の顔が立たない。

和僑マフィアとは、一九九二年三月の暴対法施行以来日本を捨て、上海《シャンハイ》、広東《カントン》、香港《ホンコン》、マカオなどに渡り、かの地で組を構えた元日本人ヤクザたちの総称である。

国内の抗争に敗れた者が多い。

そいつらが最近帰国し始めていた。

早い話が『出戻りヤクザ』だ。

こいつらが歌舞伎町の権益《シノギ》に割り込むと、既存団体同士で均衡を保っていたパワーバランスが崩れることになる。

それでは困るのだ。

既存団体は、東京オリンピック・パラリンピックが終了するまでの期間自粛を計ってくれている。警察の顔を立てるための暗黙の了承だった。

そんな微妙な時期に、出戻り組に割り込まれたのでは、警察の沽券《こけん》にかかわるというものだ。

叩《たた》き潰してやる。

「了」

イヤホンに金子重明《かねこしげあき》の声が返ってきた。

上擦った声だった。的場と同じ四十二歳。階級も同じ警部補である。三か月、内偵のため、この店に通い詰めていた。

「おまえ、パンツは穿《は》いておけよ」

同僚の逸物《いちもつ》など見たくない。アソコのサイズで勝っても負けても、互いに遺恨は残る。それが男同士の心理だ。

「あーぁ、俺まだ出てない。出るまで舐《な》めてくれ」

金子は左の薬指に隠しマイクを埋めている。裸でも、怪しまれない大きさのマイクだ。

「まだ出ていない」は、爆風会の会長大杉蓮太郎《おおすぎれんたろう》が「まだそこにいる」という符牒《ふちょう》であった。

大杉の逮捕が今夜の最大の目的だ。大杉は元は神奈川香堂会《こうどうかい》の三次団体、桜狼組《おうろうぐみ》の組員であったが、二十五年前、組内の権力抗争に敗れ、マカオに逃亡することを余儀なくされたのだ。

ちょうどその数年前に暴対法が施行され、ヤクザのシノギが急に苦しくなり出した時期だ。

が、これが大杉にとって大きなチャンスとなる。

マカオでのカジノホテルの建設ラッシュの時期とかさなったのだ。大杉は日本で培ったヤクザの悪知恵で、マカオ暗黒街の利権に食い込むことに成功した。

このビルに爆風会のアジトがあることを突き止めるきっかけとなったのは、中国マフィアからの密告だ。

和僑マフィアは日本からも中国からも嫌われている、ということだ。

雪が本降りになってきた。赤穂浪士《あこうろうし》の討ち入り気分だ。

耳もとで、ふたたびカリッという接続音がして、別な男の声が飛び込んできた。

「こっちも準備完了です。鉄扉の鍵を解除しました。いつでも飛び込めます」

柚木真司《ゆずきしんじ》の声だ。六階の外階段で待機している部下の刑事だ。三十五歳。的場の後に続く突入要員五人を引き連れている。

柚木は六年前までは捜査二係にいたが、書類の山から容疑を割り出すような経済事案の担当よりも、凶悪犯と直接対峙《たいじ》したいと志願して組織犯罪対策係へ来た男だ。熱血漢で頼もしい。

「あくまでも別件捜査だ。慎重に頼むぞ。風俗嬢は、生安《せいあん》に任せろ」

「承知しています」

柚木が無線を切った。

「生安のほうは?」

的場が呼びだした。

「こちらはいつでもOKです。いまは内階段の六階の踊り場で待機しています。令《フ》状《ダ》は私が持っていますからご安心を」

これは生活安全課の篠田《しのだ》涼子《りょうこ》。そもそもこの店への内偵のきっかけになる風俗嬢を保護した捜査員だ。

的場はこの家宅捜索《ガサイレ》に関しては、売防法を盾に使うことにしたのだ。

本来は銃刀法違反容疑で踏み込みたかったが、武器を隠し持っているという証拠が曖昧過ぎて、裁判所に家捜の請求を出すのは困難だった。

他にも恐喝や資金洗浄《マネロン》などさまざまな角度から検討してみたが、容疑を固めるのには、あまりにも手間がかかり過ぎた。

もたもたしていると、気づかれ逃げられる可能性があった。

結果として、表の顔は風俗店である以上、売防法でいくのは、もっとも手っ取り早いだろうという考えに行きついた。既存ヤクザへの配慮を早くしてやらないとまずい時期に差し掛かっていたので、署内のメンツにこだわっている場合でもなくなっていたのだ。

組対の事案だが、的場は、生安に令状《フダ》を請求してもらった。

かくして前代未聞の合同の突入《イベント》となったわけだ。

涼子が生安課の女性警官三人を率いていた。

「俺が入店して、合図したら、双方とも入ってきてくれ。二十分で始末《ケリ》をつける。うちらは、とにかく大杉と武器の確保だ。他はすべて生安に任せる」

的場は吠《ほ》えた。

「了！」

「こちらも了！」

柚木と涼子の声が重なりあった。金子からは特段返事はない。

的場は背広の肩についた雪を払い、エントランスへ足を踏み入れた。

エレベーターに乗り六階を押すなり、わざと尻ポケットから財布を出した。分厚い財布だ。

おもむろに札を数える。エレベーターの天井に吊《つ》るされた店の監視カメラにあえて財布の中身を見せる。ざっと五十万。支払い能力のある客であるということを示しておく。

スポーツエロティックを売り物にしているらしいが、プレイは、大杉がマカオでみた曲芸団の踊りから考案したという。

エレベーターが六階に到着した。店へと続く通路を歩きながら、背中に差してある伸縮棒の位置を確認する。緊張のせいか手が汗ばんでいた。

扉の前に着いた。金色のプレートが貼ってある。

『会員制スポーツヘルス・歌舞伎町ファイト』

ふざけんなよ。

うっかりすると、普通のスポーツジムと見紛《みまが》うようなネーミングじゃねぇか。

インターホンを押した。

「一時間前に電話で予約した者だが、ここでいいんだろうか?」

客は事前予約と決まっている。

「安倍《あべ》信介《しんすけ》さんですね?」

男の声が返ってきた。当然偽名を使っていた。いかにも嘘《うそ》をつきそうな偽名であると自分では満足している。

「そうだ」

ガチャリとロックが解除される音がした。的場は、自分の家にでも帰ってきたかのように、ゆっくり扉を開けた。

同時にすぐ脇にある非常用鉄扉が、ギィと開く音がする。柚木班だ。

扉の先に短い廊下があった。すぐに向こう側から若い男が歩み寄ってくる。

黒髪を七三に分け、きちんと黒のスーツを着た男だった。そのくせ眼光だけは鋭い。

「ご指名は、月乃《つきの》うさぎさんですね」

男が跪《ひざまず》いて言う。

「そうだ。一緒に飛んでくれるんだよね」

「もちろん、飛びますよ」

店員はにやりと笑った。

的場は次の瞬間、背広の後ろに手を回し、伸縮棒を取り出した。

店員の顔が引き攣《つ》り、退こうとした。

くらえっ。

的場は、その間を与えず、店員の頭上に伸ばした棒を振り落とす。

「あうっ」

店員はその場に頽《くずお》れた。額が割れ、血飛沫《ちしぶき》が上がっている。

とどめに、爪先に鉛の入った革靴で顎を蹴り上げてやる。ゴツンと骨が砕ける感触があった。店員は声も上げずに絶入《ぜつじゅ》した。

2

「突入！」

的場がピンマイクに向かって叫ぶと、すぐに柚木班が飛び込んできた。涼子たち生安課もつづいてくる。女性警官たちは、風俗嬢の確保に使う毛布を持っていた。

「的場さん、これ、令状《フダ》です。どうぞ」

「すまないな。借りるぞ」

礼を言って受け取り、的場は廊下の先へと走った。

不思議なことに、いるはずの組員が出てこない。嫌な感じがした。

廊下の先の扉を開けると、そこは広いトレーニングジムになっており、さまざまなマシンと体操用のマットが敷かれていた。

スポーツプレイを売りにしているのだ。

内偵をしていた金子の言《げん》によれば、他の客に見られても構わない客はここで乱交的なプレイを楽しんでいたようだ。開脚マシンで脚を拡《ひろ》げるたびに舐めてもらったりしていたらしい。

その先にパーテーションで仕切られた個室が並んでいた。五室。これらの個室も、通常のヘルス店とは異なり、かなり広い。アクロバティックなプレイをするためだ。

「警察だ。売春防止法違反容疑で家宅捜索をさせてもらう」

的場は大声でそう叫び、一番手前の個室を開けた。

プレイルームではない。

スチール製のデスクが並んでいた。ソファも置いてあった。やはりここに組事務所を置いていた。人はいなかった。デスクの上にパソコンが並んでいるだけだ。

「ちっ。柚木、この部屋を徹底的に洗え」

「了！」

柚木たちが飛び込んだ。

的場は次の扉を開けた。伸縮棒を片手に慎重に開けた。中から組員が飛び出してくる可能性があった。

「刃向かったら、公務執行妨害で加点するからな」

言って開けた。

女が体操用のマットの上でブリッジをした体勢のまま、男の逸物を咥《くわ》えていた。客の正面には姿見。客は舐められながら、鏡に映る淫裂を眺めることが出来るというプレイらしい。

マニアックすぎる。的場の気分は引いた。自分には理解できないプレイだ。

女に陰毛はなく、紅《あか》い亀裂が半開きになっていた。

「いいですね。今夜のオプション企画、捜査プレイですか」

色白で小太りの客が嬉々《きき》として目を輝かせた。どういうこった？　客は事前に知らされていたということか？

「動くな。ふたりともそのまま。パンツも穿くな」

的場は怒鳴った。

「はーい。露出したままでいいですね。ほら、マユユもワレメを自分で開いちゃえよ」

客が、ブリッジしたままの風俗嬢に言った。

ふたりとも拳銃で撃ち殺してしまいたい衝動に駆られたが、さすがにそれはやめた。

生安と異なり淫場への踏み込みには慣れていない。なんともイラつくガサイレとなった。

次の部屋では、壁に向かって逆立ちした女が、男に股間の秘裂を舐めさせていた。なんだか頭が痛くなった。どうにも緊迫感が湧いてこない。

「公然わいせつ物陳列罪。現行犯逮捕」

背中で涼子の声がした。手錠を打っている。

「すげぇ。リアルっすね。私服なのが残念だなぁ。あんたともやれるんですか?」

すぐにビンタの音もした。涼子が食らわせているようだ。

「凌辱《りょうじょく》プレイって、追加五千円でいいんですか。うわっ」

客の叫び声も聞こえてきたが、そこら辺のことは任せることにした。こっちは本職の検挙だ。

次の個室の扉を開けた瞬間に、空気が縺《もつ》れた。中から金子が弾《はじ》き飛ばされてきた。

「!」

よろけている。トランクスを穿いていなかった。勃起したままの陰茎を的場の方に向けていた。でかい。気持ち悪い。

的場は、咄嗟《とっさ》に躱《かわ》した。金子の陰茎など、太腿《ふともも》に当たっただけでも一生トラウマになりそうだ。

金子は、そのまま床に倒れ込んだ。両手で腹を押さえている。どうやら蹴られたらしい。

個室から、小柄だが引き締まった身体《からだ》の女が出てきた。

真っ裸だ。陰毛はなかった。女が的場に向かって微笑《ほほえ》んだ。

「安倍様、ご指名ありがとうございます。うさぎです」

あどけない顔をしていた。二十歳ぐらいのようだ。

「おまえ、この男に何しやがった？」

「バク転プレイしていただけですけど、なにか？　うちはそういうのがウリですから」

うさぎが、的場に歩み寄ってきた。

殺気を感じたが、相手は裸の女だ。武器も手にしていない。伸縮棒を突きつけるのも大人げない気がした。

その躊躇《ためら》いがいけなかった。

「！」

瞬間、眼が眩《くら》んだ。腹部にうさぎの膝頭がドスンと埋まっていた。

鋭く重い一撃だった。的場は、不覚にも床に両膝を突かされた。声を上げる間もなかった。

「みんな、出ていいよ」

うさぎがそう叫んだ瞬間、一番奥の個室の扉が開き、身体つきのいい女たちが飛び出してくる。武器は持っていなかったが、腕も太腿も隆々《りゅうりゅう》としていた。

的場は片膝を突いたまま、伸縮棒を振ろうとしたが、うさぎの膝頭が今度は的場の顔面で炸裂《さくれつ》した。

鼻梁《びりょう》がガリッと折れ、血が落ちてきた。

「あら、白いのじゃなくて赤い液、溢《こぼ》しちゃいましたね」

続いて顎を蹴り上げられる。

「くっ」

それ以上言葉にならなかった。強烈な痛みが顎からコメカミに向かって飛んでくる。

的場は、頭を振りながら、何とか立ちあがった。

うさぎたち真っ裸の女たちと、刑事が揉《も》み合いになっている。風俗嬢には手を出すなと、命じていたのが仇《あだ》となったようだ。

男刑事たちの躊躇いをついて、筋肉質な女たちが、次々に回し蹴りや飛び膝蹴りを放っている。

裸の女が、足を上げるたびに紅い秘裂がぬわっと開くので、刑事たちは一瞬見惚《みと》れてしまうのだ。マル暴刑事は、淫場には慣れていない。その一瞬の隙に打撃をくらっていた。

叫喚《きょうかん》しているのはすべて男刑事だった。

「逃げろ、いますぐこの店から出るんだ」

唐突に柚木の声がした。

事務室から柚木が飛び出してくる。

「的場さん、ＰＣがカウントダウンを始めています。爆破装置です」

机の上にあったＰＣから柚木が解析したらしい。

「なんだって？」

「壁に炸薬《さくやく》が仕掛けてあるんです。五分後に発火します」

「なんだと？」

こっちがハメられたということか？

「全員、退去！」

的場は、声を振り絞った。女たちも玄関へと殺到している。

目の前で腹を押さえていた金子もようやく片膝を突いて起き上がっていた。

「すまん、端《はな》から俺がマトにかけられていたようだ」

金子が言った。どうにか自力で立ち上がっている。

「大杉は？」

と的場が金子に問いかけたときだ。

「ここだよ」

背中で、男の声がした。振り向くと、巨漢の男が立っていた。

大杉蓮太郎だった。大きな鷲鼻《わしばな》のおかげで猛禽類《もうきんるい》を思わせる顔だった。

その両手には、拳銃が握られていた。ピカピカに磨き抜かれたコルト1911ガバメントだ。

「さすがは和僑マフィアだ。コルトの新品とは恐れ入る。ここらの組じゃまだ五十年前のトカレフか、せいぜいノーリンコのコピー銃だ」

言いながら、的場は靴の踵《かかと》を床に擦《こす》りつけた。踵の底がわずかに開くと、仕込んである発煙弾がこぼれ落ちてくる。

「俺たちの武器はこんなもんじゃねぇよ。いずれ関東だけじゃなく神戸《こうべ》も空爆してやるさ」

大杉の眸《め》は狂気じみていた。

「二十五年前に、日本で負けた怨嗟《えんさ》を晴らすためなら、国内ヤクザ同士で手を組んだらどうだ。いまやチャイナやロシアにこの国は乗っ取られる寸前なんだぞ」

的場は、警察としての本音を伝えた。

大杉はからからと笑った。

「刑事《デコスケ》。おまえらのその発想がもう古いんだよ。俺たちは、あんたらよりも遥《はる》かにグローバル化している。いまさら国の単位なんてどうでもいいんだよ。正直日本の警察なんてのも怖かねぇ」

そのとき的場の左右の踵から、発煙弾が落ちた。

的場は他の人間たちがすでに退避していることを確認した。店に残っているのは、大杉と自分と金子だけだ。

後はこのビルのスプリンクラーが作動することを祈るばかりだ。

こっそり踵をずらす。踏んだ。左右連続して踏んだ。

バン。バン。パチンコ玉のようなサイズの発煙弾だが、威嚇用に音量は大きく出るように出来ている。

大杉が飛び退《の》いた。同時に紫煙が舞い上がる。狼煙《のろし》が天井の火災探知機を直撃した。

すぐにベルが鳴った。大杉が表情を変え、踵《きびす》を返した。出口に向かっている。

「金子、出口へ走れ」

「おう」

打撲した肉体に鞭《むち》を打ち、共に走った。

天井のあちこちから水が降ってきた。

「どうやら消防署の検査はきちんと受けていたようだな」

「あぁ、自分たちの安全は確保していたんだろうね」

「爆破より先に壁に水が浸透すれば、威力は半減できる」

店の外に出た。

すでに大杉の姿は消えていた。エレベーターはロックされていた。爆発の音がした。入り口の扉が飛んでくる。

「連鎖式爆弾だと思うぞ」

金子が言った。外階段で降りている時間はなさそうだった。

「金子、屋上だ。隣のビルへ飛び移る」

「おう」

内階段を使い階上へと上がった。的場は拳銃を抜いていた。警視庁の正式拳銃サクラM360Jだ。真っ裸の金子には伸縮棒を渡した。

屋上へと続く鉄扉を開ける。

雪が霏霏《ひひ》として降っていた。粉雪の向こうから銃声が聞こえた。隣のビルだ。藍色の空と白い雪片の間からオレンジ色の銃口炎《マズルフラッシュ》が見えた。

「あぅっ」

金子は胸を押さえて、両膝を突くと、そのままゆっくりと背中から落ちた。勃起したままだった。その上に雪が落ちていく。

「くそったれめがっ」

的場は、銃口炎の見えた方向に射撃した。一発、二発。いずれもカーンと乾いた音がしただけだった。

「！」

次の瞬間、足元を掬《すく》われた。不覚にも横転する。拳銃が飛んだ。

うさぎだった。

真っ裸のまま、腰を落として、回し蹴りを打ってきたのだ。アソコが丸見えだったが、見惚れている場合ではない。

「刑事さん、ここで爆死しちゃいなよ」

「この腐れまんが！」

的場が立ちあがろうとした。

その瞬間、うさぎは、たんっとコンクリートを蹴ると夜空高くジャンプした。

「だったら、撲殺ね！」

歌舞伎町のネオンを背に、うさぎが、右の踵を高く上げている。

あれが降ってくるだろうと、予測しつつも、的場は、ぱっくり開いた女の秘裂に目を奪われた。

濡《ぬ》れていやがる。

次の瞬間、脳が斧《おの》で割られるような衝撃を受けた。

的場は声も出せずに、金子の横に倒れた。同じ体勢だった。うさぎが隣のビルへと飛び移るのが辛うじて見えた。向こう側には大杉蓮太郎が立っていた。

まるで雪の中にフェードアウトしていくようだった。

もうどうにも動けなかった。

功を焦った報いだと的場は悔いた。

薄れゆく意識の中で、的場はかつての先輩松重豊幸《まつしげとよゆき》のことを想い出していた。

署内では、いまも歌舞伎町の安定を作り上げた男と言われている。

なんとしても松重と並ぶ手柄が欲しがったがために、マル暴の基本を忘れていた。

松重についていた頃、よく言われた言葉を思い出した。

『捜査一課《ソウイチ》と組対課《マルボウ》が根本的に違うのは、相手が素人《しろうと》か玄人《くろうと》かという点だ。殺人事件でも素人の考えることは所詮抜けているところが多い。素人の逃亡方法にもおのずと限界がある。だが犯罪のプロ集団であるヤクザは、用意周到だ。そもそも犯罪の経験値が違うんだ。ヤクザ相手の仕事は、ひたすら相手を観察することだ。観察し尽くしたうえに、手を打っていく。それがマル暴の基本だ」

そう、もっとよく観察をしておくべきであった。

反省の途中で自分の身体が、宙に浮いた。下から突き上げてくる爆風だった。コンクリートの粉塵《ふんじん》と粉雪の中に身体が舞った。

火柱も上がっていた。スプリンクラーごときでは、まったく役に立たなかったということだ。

そう、大事なのは観察力だ。

的場が最後に見たのは、オレンジ色に染まる歌舞伎町の空だった。

第一章　バク転ガール

1

　ばんっ。

　女がマットを蹴ったかと思うと、いきなり白いレオタード姿で大開脚したまま後転宙返りをした。通称バク転。大開脚したまま忍者のようにクルクルと後方に回転していく。

「ほう」

　松重豊幸は目を瞬《しばたた》かせた。

　東急田園都市線《とうきゅうでんえんとしせん》二子玉川《ふたこたまがわ》駅近くの高層ビルの二十階にある『光玉川《ひかりたまがわ》スポーツ倶楽部《クラブ》』。課長の真木洋子《まきひろこ》と共にやって来ていた。

弔い合戦のための内偵だ。

刑事であることは伏せてある。すでに午後七時を回っていた。

目の前で跳んでいるのは、岩木乃愛《いわきのあ》。二十六歳。

六年前、関東八大学体操選手権で優勝した経験を持つ実力者だが、ここではトレーナーを務めている。当時在籍していたのはW大学の体操部。一般大学の選手としては二十年ぶりの優勝者であった。

身体能力の高さだけではなくモデル並みのスタイルと美貌の持ち主でもあった。

それにしても、俺の目には、なぜ女の股間しか映らないのだろう。

不思議だ。

松重は眉間に皺《しわ》を寄せ凝視した。

なんとなくわかった。

常に顔が後方へ、後方へと落ちていき、股間がこちらに向けられ続けているせいだ。女のVゾーンが常にフラッシュするように見えた。筋までは見えない。見えないとわかっていても、ついつい股布を凝視してしまう
松重は、不覚にも生唾をゴクリと音を立てて飲み込んだ。

「松《ま》っさん。顔がエロオヤジになっています」

真横に立っている課長の真木洋子に咎《とが》められた。周囲にレオタード姿の女性が大勢立っているので、洋子もいちおう声は潜めている。上司なのに敬語なのは二十歳近くも歳《とし》が離れているからだ。松重は定年まであと数年である。

松重も低い声で返した。

「組対の刑事が極道顔《づら》になるのと同じで、風俗刑事《エロたん》は、普通にこういう顔になるんですよ」

松重は咳《せき》ばらいをした。照れ隠しだ。

「じゃあ私の顔もそうなっていると言いたいのですか?」

洋子が片眉を吊《つ》り上げた。

真木洋子は警察庁総務部直轄『性活安全課』の初代課長である。三年前、洋子の無謀なレポートがもととなって、名刺に刷り込むのも憚《はばか》られるこの課が誕生したのだ。

「はい。マシンコーナーで若い男が股を開いているのを目撃したときの課長の目、スケベでした。男子のもっこりした部分を見て、喉を鳴らしていました」

「そこ見ていませんし、喉も鳴らしていませんっ」

鋭い肘鉄を食らわされた。

「うっ」

松重はその場に蹲《うずくま》りそうになった。

この一年、洋子はキャリアのくせに、柔道とキックボクシングのトレーニングに打ち込んでいる。ほぼ毎朝、警視庁の道場で、格闘技のプロである女性SPに稽古をつけてもらっているのだ。

柔道の一本背負いと巴投《ともえな》げ、それにキックボクシングの真空飛び膝蹴りをマスターしたようだ。やたらと実戦で試したがっている。

要するに刑事として現場に出たいのだ。

キャリアに武闘まで頑張られたら、叩《たた》き上げ刑事の立つ瀬がない。

松重は脇腹の痛みをこらえながら、視線を女性トレーナーに戻した。

全面ガラスの向こう側に映る藍色の空が、白のレオタード姿の乃愛をよりくっきりと浮き立たせてみせている。

「はい、次は側転。バランスのとり方をよく見てくださいね」

乃愛がトレーニング参加者たちに微笑《ほほえ》んだ。

プレミアムフライデーとあってＯＬの参加者が多い。全員、色とりどりのレオタードに身を包んでいる中で、松重と洋子だけが普通の恰好《かっこう》だった。松重は黒の官給背広。洋子は、黒のスカートスーツだ。どう見てもふたりだけ浮いていた。

「いきます」

乃愛が声を上げ今度は側転を始めた。バク転以上に、足が大きく開かれ風車のように横に回りだした。

「ああいう職業の人は、どれだけ身体が軟らかいんでしょうねぇ」

松重はあらぬ体位を妄想した。

たとえば、ああいう女は、まん繰り返しをしたら、そのまま一緒にくるくると回転しながらセックスをすることが出来るのではないだろうか。

だから気持ちいいとは、限らないだろうが……。

「やめなさいね。変なこと妄想するの」

洋子に爪先を踏まれた。脳を透視されているようで嫌になる。

「捜査に最も必要なことは想像力です。前例主義のキャリアと、俺たち現場の刑事が決定的に違うのは想像力です。しかも俺たちは経験に基づいて予想を立てている」

そう返した。それぐらいしか返す刀《かたな》がない。

「私も彼女を見て、あることを想像しています」

洋子の瞳が怪しく光った。この女が獲物を狙うときに見せる視線だ。

「課長、そっちに走りましたか？」

ぬっと洋子の手が股間に伸びてきた。ヤバイと腰を引く前に握られた。玉袋が一気に圧縮される。

はっ。松重は、息を飲んだ。

洋子に武術を教えている女性ＳＰが、究極の実践術として教え込んだのが、この「玉《たま》ハグ」だ。まったくよけいなことを伝授したものだ。

洋子は覚えたてのためやたらと使いたがる。

「くぅう」

松重は口から泡を吹きそうになり、必死に腰を引いた。内臓が爆発しそうな勢いだ。

「おぉおおおおお」

大声を上げそうになったその瞬間に洋子の手が離れた。

「ふぅうう」

息を吹き返した。

「私は、あの子がなんでこんなところで働いているんだろうって想像していたのよ」

洋子が、何ごともなかったように言っている。

男の金玉を潰しておいて、ひでぇ態度だ。せめて、でかいとか普通とか、感想を述べて欲しい。

三年前、六本木《ろっぽんぎ》九分署での事案の際に、捜査中、この洋子に指で「まん刺し」したことがある。行きがかり上、やむを得なかった行為である。

それを洋子はいまだに恨んでいる気配がある。

かまわず洋子が続けた。

「まだ現役でやっていてもおかしくない年齢だわ」

「彼女、八大学選手権で優勝した直後に、半月板を損傷したんですよね」

すでに共有している情報のはずだ。

「引退したとしても、普通なら、大学に残るか日本代表を育成できるレベルの体操クラブに進めたんじゃないかしら」

洋子が乃愛を凝視したまま言う。

「スポーツ界は何かと派閥があるようですが……」

キャリアは何事にも、上昇志向が強い。だが普通の人間はそうとも限らない。好きな仕事を続けられているだけで幸福だと感じる者も多いはずだ。

松重の目に乃愛はそんなふうな女性に映った。

かくいう松重も刑事を天職だと思っている。

定年というシステムで、あと数年後で、この職から離れなければならないと思うと、何とも言えない切ない気持ちになる。

「ってことはあの子、転職する気はないのかなぁ。まぁ、いいわ。今日の本題とは違うから」

洋子が、勝手に自己完結して肩を竦《すく》めた。

2

「日東《にっとう》テレビの松重と言います。『ワイドセレクション』という番組のプロデューサーをやっております」

そういう名目でこのクラブを訪問していた。

「ディレクターの真木です」

ロビーに置いてある応接セットに乃愛がやってくるなり、ふたりは立ち上がり、偽造名刺を差し出した。

警察庁広報部を通じて日東テレビの協力は得てある。

交換条件として『警視庁交通機動隊二十四時間密着ドキュメント』の取材許可を与えたようだ。警察庁総務部長の久保田《くぼた》参事官の計らいだ。

名刺に記載されている電話番号は性活安全課のＩＴ工作担当小栗順平《おぐりじゅんぺい》の席へと繋《つな》がる仕組みになっている。

「さっそくですが、この写真の子、見覚えありますか？」

乃愛がソファに腰を降ろすなり、松重はローテーブルの上に置いたタブレットの画像を指さした。

ナチュラルメイクの若い女性が映っている。紺色のレオタード姿だ。

「はい、私のレッスン日によくいらしていた方です。前原朋美《まえはらともみ》さん。大学生ですよね」

シャワーを浴びたばかりの乃愛が、洗い髪をバスタオルで拭きながら、頷《うなず》いた。

シャンプーの香りがとてもいい。

「前原さんがどうかしたんでしょうか？」

乃愛が首を傾《かし》げた。ソファに座っていても背筋をきちんと伸ばしている。

「先週、突然消えちゃったんですよ。事件性はないので警察は動いていないのですが、私たち、別件で取材していたものですから」

洋子が答えた。厳密にいえば逃亡だが、事案の内容は明かせない。

「消えちゃったってどういうことでしょうか？」

乃愛が戸惑いの表情を浮かべた。

「昨日、私たちと取材の約束していたのですが突如音信不通になりました。前原さんは、このクラブで、トレーナーの岩木さんと一緒に取材を受けていただけると言っていたものでしたから」

洋子は綿密に組み立てた台本通りに喋《しゃべ》っている。もちろんブラフだ。松重はこの瞬間の乃愛の表情を見逃すまいと目に力を込めた。

「えーっ、そんなこと、ぜんぜん聞いていませんでしたよ。クラブからも何も聞かされていませんし」

乃愛が驚いた表情をした。

松重は予定通り、咳を一度だけした。シロの印象を洋子に伝えるサインだ。

「はい。先ほどクラブの広報の方にも同じ話をしたのですが、前原さんからそんな申し出はなかったと、驚かれました。ひょっとしたら岩木さんが、直接ご依頼を受けていたのかなと思い、お伺いさせていただきました」

松重と洋子は事情聴取という言葉を避け、このスポーツクラブの広報にも同じように偽名刺を差し出していた。

女性の広報担当者は、慌てふためいていた。

当たり前だ。それは洋子がでっち上げた聞き込みの口実に過ぎない。

前原朋美は、歌舞伎町の風俗店『スポーツヘルス・歌舞伎町ファイト』で働いており、潜入捜査に入っていた刑事に乃愛の写真と経歴を示し『全日本レベルの彼女ともやれる』と言っていたのだ。源氏名は月乃うさぎ。本人は逃亡しているが、逮捕された同僚が証言している。

先週、その風俗店でかつての部下が殉職していた。松重が手塩にかけて育てた後輩的場宏幸と金子重明だ。

警視庁はこの事案を公表していない。

歌舞伎町の風俗ビルにおける小火《ぼや》が起こったということだけで済ませていた。被害者もゼロで発表されている。東京消防庁と口裏を合わせてのことだ。

実際には仕掛けられた炸薬《さくやく》による爆発で、捜査中のマル暴刑事ふたりが殉職しているので、本来ならば殺人事件として捜査本部《チョウバ》が立ってもおかしくない事案である。

しかし伏せてある。

ふたりが追っていたのは、和僑マフィアの爆風会の会長大杉蓮太郎。五十五歳。元々は『神奈川香道会』傘下の桜狼組の末端組員だった男だ。二十五年前にマカオに渡って成功している。

警察庁は所轄署からこの事案を取り上げた。なにがなんだか、まだ松重にはさっぱりわからない。

そして幹部は、唐突に奇策を持ち出してきたのだ。

的場と金子が生きているように見せかける、というものだ。

長官と総監のツートップの判断だという。

『あくまで、売防法違反で捜査してくれ』

警察庁総務部長久保田から真木に、そう命が下ったという。殺人、強行犯事案が、いきなりエロ担事案に切り替わったのだ。

解せない話ではあるが、松重にとっては、後輩の弔いを任された形になった。事情はどうあれ、気合を入れて捜査することにした。

「前原さんからは、本当に何も聞いていませんよ」

岩木乃愛は、双眸《そうぼう》を見開いて言っている。澄んだ眸《め》をしていた。

「たぶん、有名選手だった岩木さんの名前を勝手に出したんでしょうね。そういうことはよくあります」

　松重は揺さぶってみた。

　ここまでの次第は、所轄の生安課の篠田涼子から聞いている。新宿七分署は『性安課』の発祥の地であるが、自分たちが広域捜査部隊となり警察庁に異動してからは、風俗系の取り締まりは、元来の生活安全課に戻っている。

　ややこしいが、りっしんべんのない生活安全課である。松重は篠田のことを新宿七分署時代から、見知っていた。それで聞き込みは楽にできた。

「私が有名選手だったなんて、ありえませんよ。学生時代に一度優勝しただけですから」

　乃愛は照れ臭そうに、顔の前で手を振った。

「前原さんからしてみたら、そうだったんだと思います」

　洋子が話を繋いでくれた。

　松重は、洋子の方を向いた乃愛の横顔を凝視した。人間の本音は横顔に出る。正面の顔は取り繕えても、横顔には隙が出来るものだ。

「あの……前原さんは、どんな内容の取材を受ける予定だったのでしょうか」

乃愛が逆に聞いてきた。

「バク転ガール特集だったんです」

臆面もなく洋子が答えた。

刑事は真っ赤な嘘《うそ》を平気でつける。松重は面白すぎて屁《へ》をこきそうになった。

「バク転ガール？」

乃愛がポカンと口を開けた。

それはなんともキュートな横顔だった。この女は何も知らない。松重は咳を一度だけした。シロの印象を洋子に伝える咳だ。

「岩木さんにとっては、たぶんバク転などは日常的なことだと思いますが、普通は出来ない人の方が多いです。ですからそのやり方を特集しようと思っていたところで、前原朋美さんと出会ったのです」

何が「出会ったのです」だ。逃げられたままじゃねぇか。松重は鼻くそをほじりたくなったが、やめておいた。

乃愛が眸を輝かせて言う。

「それはわかります。このクラブにやってくるＯＬさんや女子大生の方たちも、とにかくバク転を覚えたがります。それが一番、体操をやっている気分になるんでしようね」

「ＯＬも多いんですか？」

洋子が突っ込んだ。

「ええ、昔はよくストレス解消に壁に向かって倒立していたと言いますが、いまはそれが進化してバク転をしたいという気持ちになったようです」

それはよくわかる。松重は鼻をほじるかわりに、耳を掻《か》いた。意味はない。

「他にはどんな方が？　主婦とかがバク転を覚えたがったりはしませんか？　いえ、他の取材対象を探してるだけで」

なるほどテレビ局に化けるのは都合がいい。刑事の尋問ならば構える相手も、取材だとか出演者探しだといえば、無防備に答えてくれる。

「はい、バク転を覚えたいという主婦の方多いですよ。特に若い主婦の方ですね」

「やはり若い主婦ですよねぇ」

洋子がため息交じりに言っている。何が知りたいんだ、課長。ひょっとして自分もバク転やろうってか？

「マダム系の方は、バク転よりも、きれいな側転を習得したがりますね。お子さんにバレエを習わせているので、自分もそこに近づきたいんでしょうね」

「側転ですね」

洋子が手を打った。

松重はなにげに目を瞑《つむ》った。美熟女たちが、片脚を大きく上げて側転する姿を妄想する。レオタードの真ん中に筋が浮かぶのを思い浮かべた。

洋子に足を踏まれた。ローテーブルの下で軽くだ。たぶん目を瞑った段階でばれた。

「ところで、岩木さんは歌舞伎町へ出かけるようなことはありますか？」

洋子が質問の方向を変えた。スローカーブで核心に迫っていく。

「めったに行かないですね。私、実家が田園都市線の梶《かじ》が谷《や》なので、学生時代からほとんどこの沿線で生きているんです。たまに新宿《しんじゅく》には行きますが、三丁目あたりか、西新宿ぐらいです。歌舞伎町方面にはほとんど行きませんね」

たぶん本当だ。

「わかりました。変なこと聞きにきてすみません。企画を中止するにしても、全て確認したという報告が必要だったものですから」

洋子が切り上げた。

シロの心証を得た以上、長居は無用だ。テレビ局というウソがばれないうちに退散したほうがいい。

松重も立ちあがって一礼をした。

「もしも、前原さんから連絡があったら、その名刺にお電話ください」

いちおう網は張っておく。電話があるとすればたぶん違う人間からだろう。

「わかりました」

乃愛は、屈託のない笑顔のまま、ロッカールームへと戻って行った。

帰り際、松重と洋子はもう一度、フロント裏のオフィスへ顔を出した。

「日東テレビです。お世話になりました。これで帰ります」

入館証を返却する。

「お疲れさまでした。正式な取材要請の際はあらためてご連絡くださいね」

広報担当の女性が入館証を受け取りながら笑う。

最初に名刺を貰《もら》っていた。竹内美菜子《たけうちみなこ》。二十代後半のおっとりした顔立ちの女だった。ベージュのパンツスーツが似合っている。

背後からもうひとり出てきた。背の高い男だ。黒のスーツ。事務方なのだろうが、スポーツ関係者にしては印象が昏《くら》い。胸のプレートに中村史郎《なかむらしろう》と刻まれていた。三十代後半に見える。

「統括部長の中村と言います。あの、本当に日東テレビさんですよね」

中村が歩きながらタブレットを眺めている。局の公式ホームページで『ワイドセレクション』の番組情報を覗《のぞ》いているようだ。

数人の番組スタッフの名前が載っている。

松重はしまったと思った。加工させるのを忘れていたのだ。

「おふたりの名前ないんですけど？」

中村が疑うような視線を寄越した。

「あぁ、そこに載っているのはプロデューサーの湯田淳一《ゆだじゅんいち》とディレクターの今村知《いまむらとも》乃《の》ですね。今月の担当です。うち三班に分かれているんです。松重と私は来月の担当です」

洋子がしゃらんと答えた。昨日、番組を見たのだが、洋子は最後に流れるテロップを凝視していた。それでスタッフ名を記憶していたに違いない。

記憶力の良さはキャリアの最大の特徴でもある。

百科事典ほどもある書類の束を流し読みしただけで、問題点を指摘してくる。これぱかりは舌を巻く。

「そうでしたか。失礼しました」

中村は非礼を詫びるように頭を下げたが、洋子の足元から腰にかけて食い入るような視線を這《は》わせている。松重は自分と同類の臭いを感じた。刑事と同類の視線を放つのは、記者と探偵とヤクザだ。

広報の竹内美菜子は、松重の背広の腰のあたりに視線を這わせている。かつてはそこに警棒や拳銃を下げていた。

松重は咳を二度した。

このふたりは要注意だ。素人《しろうと》ではない。

「こちらこそアポなしでやって来てご迷惑をおかけしました。前原さんのことは別にして、今度こちらのイメージアップになるよう企画を立ててぜひ、お返ししたいと思います」

松重が、持ち上げて反応を見る。

美菜子が答えた。

「基本的には、お客様のプライバシーの保護がございますので、営業中の撮影はお断りしているのです。ですが営業時間外であればロケには協力いたします。その場合、こちらで出演可能なお客様もご用意できますので」

松重は再度、咳をした。連続してする。咳をしながら中村と美菜子の身体《からだ》つきをこちらも改めて観察する。

どちらも耳が反りかえり、首が異様に太かった。事務方とはいえ、スポーツクラブの職員なので、一般人よりは身体を鍛えていてもおかしくはないが、このふたりは、完全に格闘技の訓練を受けていると見た。

「わかりました。出来るだけ早くにその連絡をしたいと思います」

洋子もふたりから殺気を感じたようだ。それだけ言うと踵《きびす》を返して、エントランスへと向かった。

3

「怪しい臭いがぷんぷんと漂ってましたね」

松重が生ビールのジョッキを口に運びながら言った。

洋子と一緒に玉川タカシマヤの近くにある居酒屋に入っていた。さきほどまでいたスポーツクラブとは玉川通りを挟んだ逆側だ。

「えぇ、岩木乃愛ではなくあのクラブの職員が、真っ黒な感じね」

洋子は焼酎をやっていた。

「はい、岩木乃愛はシロの感触ですが、光玉川スポーツ倶楽部は爆風会の触覚部門と見て間違いないでしょう」

触覚部門とは、極道が、一般社会の中に垂らしている釣り針のような店だ。通常は飲食店やクラブを入り口にして、素人をおびき寄せるが、最近はより大掛かりな網を用意している。

金融業などのような企業をハメるためのフロント会社とはまた別である。

極道も最近は「BtoB《企業間取引》」と「BtoC《消費者ダイレクトビジネス》」を分けて戦略を立てているということだ。

「スポーツジムから風俗店へ導くって、ありえるわね」

洋子も読みが早い。

「はい。どっちも大開脚することに変わりありませんから」

松重がそういうと、洋子が、ぷっと焼酎を吹いた。

光玉川スポーツ倶楽部の入った高層ビルの前に、ふたりの性安課刑事を張りつけてある。

歌舞伎町七分署時代からの生え抜きだ。生安課で万引き担当だった上原亜矢《うえはらあや》と地域課出身の相川将太《あいかわしょうた》だ。

相川はN体育大学卒なので、スポーツ関係に知己《ちき》が多い。その線からも爆風会との繋がりを当たらせるつもりだ。

亜矢には乃愛を、相川には広報の竹内美菜子を尾行させることになっている。

もうひとり駅の改札付近に指原茉莉《さしはらまり》を張り込ませていた。事務所にいた男、中村史郎の尾行用員だ。

茉莉は民間委託刑事である。

元カメラマン。札幌の売春組織の内偵という修業をさせ、見事な成果を出したので、昨年四月から正式な委託刑事に登用した。現在は東京に合流させている。

三人の刑事を現場に張らせながらも桜田門の性安課では小栗順平が、界隈《かいわい》のNシステムや防犯カメラに潜入して、追跡をカバーすることになっている。

小栗は他に歌舞伎町で消えた前原朋美の行方《ゆくえ》も丹念に探索している。膨大な映像の山から、顔面認証で朋美がどこに逃げたかを拾いあげようとしているのだ。

ただし当日の雪が映像を邪魔していた。

事案が性安課に降りて以来、大杉蓮太郎の追跡には三人が専従している。

元公安部外事課の岡崎雄三《おかざきゆうぞう》。新宿七分署庶務担当だった新垣唯子《あらがきゆいこ》。モデル上がりで神奈川県警の広報課から転属になった石黒里美《いしぐろさとみ》の面々だ。

一方、大阪では、浪花《なにわ》八分署の元交通課員朝野波留《あさのはる》が、爆風会と神戸との関連を当たっていた。

つまり性活安全課総掛かりの捜査である。

「課長、岩木乃愛をこれ以上追跡する必要はあるんですかね？　彼女は何も知らずにあそこでトレーナーをしているだけでしょう。それとも警護ですか？」

松重は、口についた泡を手の甲で拭いながら、尋ねた。

「いいえ。警護にひとり割くほど性安課は人が余っているわけじゃないわ。総務の久保田さんから、積極的に委託刑事を登用するように言われているのよ」

洋子が頭を掻きながら言った。松重は脱力した。

「そっちすか」

「そう。なんかあの純粋さ。売春防止に立ち向かうのに、ぴったりなような気がするのよね」

「超純情か、超ビッチかどっちかしか務まらない任務ですからね」

松重は湯豆腐を掬《すく》い上げながら答えた。

純情はそのまま正義感に向かう。ビッチは体当たりを厭《いと》わない。両方の要素が必要な部門だった。

「女が足りないのよ。ぜんぜん」

洋子が、焼酎を呷《あお》った。

いよいよ来年に迫った東京オリンピック・パラリンピックを前に、東京都知事は首都のより一層のクリーンアップを指示していた。

何かと疑惑の付いて回る女性都知事としては、自身のイメージのクリーンアップのためにも、風俗撲滅がもっとも、眼に見える効果だと考えている。にもかかわらず、性安課は発足以来人員不足に悩まされている。

「あいかわらず上は、警視庁や各道府県警からは転属させる気はないと」

「そうなのよ」

洋子はアルコールが入るとため口になる。

「転属希望者は今年もゼロですか」

「なにせ、人事二課《ヒトニ》として性安課への発令は、それ自体がパワハラ、セクハラになるというのよ」

「俺たちはいいんですかい？」

「初期メンバーは、結果的に自らそういう行動に出たわけだし、新垣、石黒、指原はいわば志願兵だから」

洋子は、ハツを齧《かじ》っている。

「各本部で募集するのはどうなんです？」

松重は聞いた。

「組対や一課で命を懸けた捜査をしたいっていう警官は山ほどいるけど、淫場でセックスの証拠を摑《つか》めっていう捜査に手を挙げる人はいないわよ。私たち自体、どこの所轄署に出向しても、エロ担というだけで、いやな眼でみられるじゃない」

したがって、総務部は洋子に、民間から委託刑事を集めるよう命じてきたのだ。

もちろん、誰でもできる任務ではない。

「というか、風俗店と所轄の刑事が手を組んで情報を流しているケースが多いですからね。まったく新しい人材を登用した方が、たしかにしがらみなく叩けるというものですが」

経験上、それもまた事実だ。

「そういうことなの。それで私、岩木乃愛に目をつけたわけ」

「元体操の学生選手権レベルの女性をエロ担にですか？」

どうも洋子の発想は突飛だ。

「正義感があると思うのよ。あの子」

「それだけじゃだめでしょう、この仕事は。亜矢も唯子も、根はスケベだから出来た。モデルだった里美は、そもそも覚悟が違っていましたよ」

「レオタード姿で注目を浴びていたのを見て、私いけると思ったの。あの子、きっと根はスケベ」

ハッキリそう言った。

「それに彼女は、なんらかの理由があって体操界のメインストリームから外れたような気がするの。そこを亜矢が上手《うま》く聞き出せば、乗せられると思うのよ。体操界もこのところちょっときな臭いし」

そのまま洋子は手を高く上げて「ボンジリ、ねぎま、手羽先！」と勢いよく叫んだ。

「課長、上から何を命じられているんですか？」

どうも動きがいつもと違う。松重はそう直感した。

「根拠のないことは私の立場では言えないの。私の行動から、松っさんが、勘を働かせるしかないわね」

と、洋子は、焼酎に梅干しを入れて掻きまわし始めた。

松重は、しばらく考え込んだ。

歌舞伎町は、三年前に松重たちが叩いて以来、沈静化していた。民自党の幹事長が絡んだ管理売春組織を壊滅させたのだ。

直後、新宿コマ劇場の跡地にこぎれいなゴジラを乗せたインテリジェントビルが完成したこともあり、ＯＬが普通にやってくる町に生まれ変わりつつある。

もっともそれは、表面的なことでしかないだろう。

セックスの販売は、消えることのない犯罪である。

新手のプレイを売りものにすれば客は必ずやってくる。

『スポーツヘルス・歌舞伎町ファイト』はそういう意味で新鮮だったようだ。

プレイはまず、アソコを見せながらバク転や側転をして、充分、眼で楽しませる。

続いてブリッジした状態や股の間から顔を出して、フェラチオをしてくれるという。

松重としてもちょっとやってみたくなる。

さらに一番人気のプレイは、挿入させたままバク転することだという。

なんだかわからないが、凄《すご》そうだ。

当然、男も一緒に回転することになる。

男の方は前方回転となるが、繋ぎ目は決して抜けないのだそうだ。それどころか女は身体を後ろに反らせた時点での膣圧《ちつあつ》の掛け方が半端ないという。

一回転二千円。ほぼ二秒で回る。だいたいの客は十回はやりたがるそうだ。たぶん、一度では、何が何だかわからない。

女の膣壺に肉槍《にくやり》を挿入したまま、回転するのだ。その瞬間、わずかに摩擦されるらしい。

そりゃ、続けて何度もやりたくなる。ジェットコースターのようなものだ。

事情聴取に応じた客いわく「射精にまで至らないから、またいきたくなる」らしい。

そりゃ一回転一擦《こす》りでは、出ない。出たら出たで、カッコ悪すぎる。

ただし売春防止法は、出たとか出ないではなく、女膣《めつぼ》に男根を入れて金を取れば成立する。

松重の刑事用携帯端末《ポリスモード》が鳴った。

「相川です。竹内美菜子と中村史郎がいま出てきました。岩木乃愛はまだクラブに残っている模様です」

「わかった。上原を残して、ふたりを頼む。駅で指原が合流する」

「了！」

相川が電話を切った。

「それぞれ追跡開始です。われわれは桜田門に戻りましょうか?」

松重は洋子に聞いた。洋子はスマホをタップしていた。どこかにメールをしているようだった。

「タクシーを呼んだわ。少し飲み過ぎたから、移動中に少し眠りたいの」

珍しく殊勝なことを言っている。

「それは、自分も助かります」

4

午後九時になった。

松重と洋子を乗せたタクシーは、国道二四六号線、通称玉川通りを渋谷《しぶや》方向に向かって走っていた。

ロンドンタクシーを真似《まね》た新型オリンピックタクシーには、まだどうしても馴染《なじ》めない。

背もたれの角度が垂直なのが気に入らないのだ。従来のセダンタイプの方が、身体が休まるような気がする。

座高の高い外国人にあわせてこのタイプにしたようだが、東京オリンピックの開催に向けて外国人向きに改良しているのが気に入らない。

それにロンドンタクシーを真似たというが、それ以前に江戸時代の駕籠《かご》に戻ってしまったようにも見える。

まるで「えっさ、こらさ」といいながら走っているようではないか。

洋子はすやすやと寝息を立てていた。

瀬田《せた》の交差点を越え、用賀《ようが》二丁目へとさしかかったときだった。

「なんか、このタクシー、囲まれていねぇか？」

松重はドライバーに聞いた。

前後左右を黒のエルグランドが固めているのだ。

「ええ、瀬田の交差点で環八《かんぱち》の上下線からいきなりやってきました。なんか嫌な奴《やつ》らですね」

運転手はすでに気づいていたようだ。三十代後半の精悍《せいかん》な面構えの男だった。

と、左サイドの車がいきなり幅寄せしてきた。

松重側だ。

「うぉ」

思わず身体を右に寄せた。寝息を立てている洋子と身体がくっつく。ボディの左で轟音《ごうおん》がなった。

タクシーが激しく揺れた。

続いて右の車もぶつけてきた。タクシーがサンドイッチ状態になる。

「おぉおおおお」

松重は叫んだ。ゴーン、ゴーンと左右から体当たりされる。

前方の車が急ブレーキを踏む。思わず眼を瞑る。

追突クラッシュか？

そう思いつつ眼を開けたとき、タクシーは右の追い越し車線に逃げていた。

「もうあの車メーカー、会長がいなくなっているのに、まだゴーンときましたね」

運転手がルームミラーを見ながら笑っている。タクシーは快適に走行していた。

「なんで、この車、潰れないんだ？」

「戦車以上に硬いボディなんです。装甲車のタクシーバージョンって言えばいいんですかね」

振り向くと、左右から体当たりしてきたエルグランドはボディがくしゃくしゃになって、立ち往生していた。幸い玉川通りの上り車線は空《す》いていた。

前後の二台はまだ追ってきている。松重は運転手に問うた。

「おまえ、どこの部署だ？」

「警備部SP課の岡田洋平《おかだようへい》です。この車両も警備部の特殊仕様車です。日ごろは要人警護の際の偽装車として使っています」

「セキュリティポリスがなんで？」

「真木課長の要請で配車されました」

「配車？」

「はい。うちではそう呼んでいます。追手の人たち、今度はライフル出してきましたよ。タイヤ狙うって、まとも過ぎですね」

岡田は前方とルームミラーを交互に見比べていた。

「普通タイヤ狙うだろう」

「そこが、所詮はヤクザなんでしょう」

乾いた銃声が聞こえた。松重は身震いした。洋子は寝たままだ。いい気なもんだ。車が軽く振動する。左の後輪に弾丸が撃ちこまれたようだ。

「このタイヤ。空気入っていないんです。圧縮したゴムの塊です。ですから弾丸とか吸収しちゃうんですよね」

カーン。今度はリアウインドウに当たったようだ。松重は首を竦《すく》めながら、振り向いた。罅《ひび》すら入っていなかった。ＣＧ多用のアクション映画のように、弾丸が夜空に跳ね返っていくのが見えた。嘘だろ。

「当然、すべて防弾ガラスです。たまにこういう機会があるとテストになっていいですね」

「じゃぁ、これまでこのタクシーは撃たれたことがないってことじゃねぇか」

松重は、徐々にこのドライバーのクールさに怒りを覚えはじめた。

「要人警護で、実弾を撃ち込まれるなんて、そうそうないですよ。映画やテレビドラマじゃないんですから。そういう事態になること自体が警備部の恥ですから」

「想定通りじゃなかったらどうするつもりだったんだよ」

「問題ないですよ。おふたりとも要人じゃないですから」

松重は、目の前のサイドシートに膝蹴りを食らわせた。

「刑事、怒らないでくださいよ。テスト走行の名目で、配車の許可が下りたんですから。結果として、危機回避になったじゃないですか。普通に帰庁しようとしていたら、おふたりとも殉職していましたよ。敵も退散したようなので、三茶《さんちゃ》から高速に上がります。霞《かすみ》が関《せき》まで、十五分ですね」

岡田は速度をあげた。振り向くと、エルグランドは消えていた。高速道に上がっても、事故にならないと判断したようだ。

午後十時半。

タクシーは警察庁の通用門から堂々と地下駐車場へと降りた。立ち番が敬礼までしている。

六階の性安課室に辿《たど》り着くなり松重は洋子の手を摑んで、応接室に向かった。

「ちゃんと聞かせてくださいよ。俺にはさっぱりわからない」

「うーん。まだ不確かなことばかりなのよね」

洋子は逡巡《しゅんじゅん》している様子だった。

応接室の扉を開けて驚いた。

「いやんっ」

石黒里美が、生着替え中だった。真っ赤なブラとパンティ。ガードルなんかも付けている。

「おまえ、夜の十一時になんで応接室で着替えているんだよ」

「岡崎さんと六本木のパブに飲みに行ってきます。今夜は偵察《ウォーク》だけですけど」

すかさず背中から、岡崎の声が響いた。

「ウラジーミルから情報を貰いました。六本木の外国人の集まるパブに、最近日本のヤクザだと思われる男が数人出入りしているそうです。英語や広東語も堪能《たんのう》なヤクザのようです」

「よくコリントに応えてくれたわね」

洋子が岡崎に振り返った。

利害が一致する諜報《ちょうほう》機関同士が協力し合うことをコレクティブ・インテリジェンスと呼ぶ。略してコリントだ。岡崎はもともと公安外事課の出である。

「敵の敵は味方ってことです。ロシア対外情報庁《SVR》は和僑マフィアを嫌っているんです」

「彼は、ロシアスポーツ省の工作員ね」

「そうです。五輪委には入っていませんが、裏工作担当です。その彼が今回の事案に絡んでいるような気がします」

ふたりの会話を聞いていても松重には全貌がわからなかった。

「里美、頼むわね」

洋子が里美の方を向いた。

「はい、私、亜矢や唯子に、負けたくないですから」

パンティの股布の内側に指を入れて、皺を伸ばしながら言っていた。

「今夜はウォークだけでしょ」

「場合によっては、パンティ脱ぎます。私、負けたくないですから」

「捜査は、脱ぐ脱がないの問題じゃないから」

「いいえ、性安刑事は、勝負どころでは開脚です」

里美がきりりとした顔で言う。

松重の知らないところで捜査がどんどん進行しているようだ。面白くない。

洋子と岡崎はキャリア同士なので、上層部からの情報は共有しているのだろう。

ヤクザの縄張り抗争や売春事案だけではないと見ていたが、恐ろしく奥深そうな事案のようだ。

「課長、私にもしっかり話を聞かせてくださいよ。この事案、背景《バック》はどうなっているんで？」

さすがに、頭に血が上っていた。気が付けば上司の洋子を睨《にら》みつけていた。

「松っさん、怖い。ちゃんと話すから、先にオシッコしてきていい？」

洋子が股間に手を当てて、もじもじと尻を振った。そんな姿を見せられて、いやとは言えない。

「どうぞ」

洋子が廊下に出ていった。

たぶん、どこまで話していいか、長官官房室に問い合わせるのだろう。

「では、私たちも」

赤レザーのスカートスーツの里美とブリティッシュブルーに縦縞《たてじま》の背広を着た岡崎が腕を組んで出ていった。

何も庁舎内から腕を組む必要もないだろうに。松重は苦虫を嚙《か》み潰したような表情で、洋子の戻りを待った。

課室に残っているのは、松重のほかはＩＴ担当の小栗だけとなった。小栗は、Ｎシステムや各地区ごとの防犯カメラに侵入して、松重たちを狙ったエルグランドの行方を解析している最中だった。

松重は、小栗の背中に聞いた。

「いったいどこに消えたんだ？」

小栗はせわしなくパソコンのキーボードを叩いていた。

「破損した二台は、どうにか自力走行して、通り沿いの中古車センターへ入っています。板金工場も兼ね備えた中古車センターのようですから、ただちに修理するのでしょう。残りの二台は、環七から中野《なかの》です。おやおや、意外なところに入っています」

「意外なところ？」

「『朝比奈《あさひな》製薬体操クラブ』です」

「ほう」

体操が繋がりだした。

「そのクラブの基本情報は？」

「いま、検索します」

小栗が椅子を回転させて、別なパソコンへと向かった。この男の半円形のデスクの上にはまったく同じタイプのパソコンが三台置かれている。株のトレイダーのように、必要な情報を適宜液晶画面にアップしてはチェックしている。

そこに洋子が戻ってきた。

「朝比奈製薬体操クラブは、国際レベルの選手を多く育成している名門クラブよ。私の頭に入ってるから、教えるわ」

「もう知っているんですね」

松重は片方の眉を吊り上げた。

「ややこしいのよ」

洋子に促されて応接室に向かう。

「小栗君は亜矢、茉莉、相川君の足取りを追って」

「畏《かしこ》まりっ」

応接室に入った。

ブラインドの降ろされていない窓の向こう側は、深く続く闇だ。お濠端《ほりばた》にある桜田門独特の風景だ。江戸時代から続く風景がそこに広がっている。

「この事案は、六年前、つまり二〇一三年前まで遡るのよ」

洋子が、肘掛けソファに深々と腰を降ろし、腕を組んだ。

深々と座りすぎたので、ローテーブルを挟んで真向かいに座った松重には、洋子のスカートの奥が見えた。

黒パンストの奥に見えるパンティは白のようだった。三年前に比べて幅の狭いのを穿《は》くようになったみたいだ。センターシームががっつり食い込んでいる。

「二〇一三年？　何があった年でしたっけ？」

松重は、洋子のスカートの中を覗かないようにした。気が散るだけだ。

「その年の九月八日にブエノスアイレスで、オリンピックの東京開催が決定したのよ。マドリードとイスタンブールを破ってね」

「ほう」

その日のことは、よく覚えている。テレビに速報が流れたとき、松重は歌舞伎町の闇カジノに手入れに入っていたのだ。ロシアマフィアが開いていた賭場で、巨大液晶テレビの前に札束が山のように積まれていたものだ。

東京の獲得票数のパーセンテージを賭けの対象にしていたのだ。

「それと今度の事案とどう繫がるんですかね？」

松重は身を乗り出した。洋子は脚を組み替えた。その途中、かなりはっきりと股間が見えた。センターシームが思い切り食い込んでいて洋子のふっくらとした肉丘がぱっくり割れて見えた。パンストとパンティ越しとはいえ、なんともリアルだ。

やはり気が散る。松重は身体を引き起こした。

「まだ調査段階なのだけどね。これもしかしたら裏が相当深い感じで……」

と洋子が声を潜めたとき、いきなり応接室の扉がノックされ小栗の声がした。

「大変です。上原が襲撃されました」

「なんですって！」

洋子が立ち上がった。

5

路地からぬっと手が出てきた。ぐい、と引き込まれる。

不意を突かれたのだ。上原亜矢は身体を反らして逃げようとしたが、間に合わなかった。

田園都市線「梶《かじ》が谷駅」を出て坂道を上り切ったあたりだった。

岩木乃愛を尾けていた。二百メートルほど先を歩く乃愛は、すでに次の交差点を右に曲がっていた。

一般住宅の間の狭い路地に引き込まれた。大型冷蔵庫のような体躯《たいく》の男だった。黒いオーバーコートを着ている。

声を出して叫びたかったが、それでは相手が逃げるだけだ。亜矢は男の金的狙いの膝蹴りを打った。

「あうっ」

小さな叫び声を上げたのは亜矢の方だった。

打ち込んだ膝の皿が砕けるかと思った。

「男のくせに鉄の貞操帯でもつけてんの?」

思わず顔を顰《しか》めるしかなかった。膝から下が痺《しび》れている。立っているのがやっとだった。男は、亜矢がそこに打ち込んでくるのをまち構えていたようだ。術中にはまった。

「あんたは、つけてないのか?」

動けないまま立ち尽くしていると、男の手がミニスカートを捲《めく》ってきた。こういう場合、普通は腕を逆手にとって、連行するのではないのか。

「あの……」

亜矢は思わぬ展開に少し照れた。課内ではビッチの亜矢などと言われているが、根は純情なのだ。任務に忠実に淫場では過激に振る舞っているだけだ。

男の太い指がパンティクロッチを脇にずらした。

いやっ。

女の肝心な部分を露出させられた。真冬の凍《い》てつく空気に平べったい粘膜部分が煽《あお》られる。

寒い。

「わっ」

男の人差し指が、膣壺にぬぷぬぷと入ってきた。遠慮会釈《えんりょえしゃく》ない。情けないことにじわじわと濡《ぬ》れてきた。

そこにちょうど一台の車がやって来た。路地の前で停車しヘッドライトを落とす。黒の日産シーマだ。

「来い」

男が蜜壺に挿し入れた指を鉤形《かぎがた》に曲げて、亜矢の身体を引っ張った。

「うわっ。そんな」

腰から先に動く。

膣壺に入れた指がフックの役目をしている。

物扱いすんなっ。亜矢はもがいた。

だが、不思議なもので、ここに指を挿しこまれていると全身に力が入らない。踏ん張りようがないのだ。

気づけば、よろよろとシーマの後部席に収められた。身体の真ん中に指を入れられたままだ。

「出せ」

男が運転手に言った。

出して欲しいのは車ではなく、この指だ。

車が発進した。住宅街をゆっくり走る。乃愛の曲がったほうに入る。

男は無遠慮に指を動かした。ヘリコプターの羽根のように、膣壺の中で旋回させている。クルンクルン。

「あぁああ」

声を上げさせられた。最低だ。こんな拉致の仕方はない。卑怯《ひきょう》すぎる。

「あんっ、いやっ」

尻を捩《よじ》った。感じてはならないと、歯を食いしばったが、膣の底からじわじわと快美感が湧き上がってくる。

「はぁ～ん」

亜矢はついに片脚を上げた。膝の痛みも快感のおかげで薄れていた。ローファーを履いたままの足を助手席のシートの上に置いた。このほうが女の平面が上を向き、指を受け入れやすくなる。

「あうっ」

とろ蜜が四方八方に飛び散った。

と、そこで亜矢は目を瞠《みは》った。

なんとヘッドライトの先に岩木乃愛の後ろ姿が見えてきたのだ。駅から二十分以上も歩いているようだ。

運転手がスピードを緩めた。乃愛を撥《は》ねようと狙っているようだ。そう直感した。やばすぎる。

亜矢は絶頂が来たように装い、全身を暴れさせた。

「あぁああああああああ。もっとピストンしてっ」

嬌声《きょうせい》を上げながら、ローファーの爪先を運転手の頭に向けた。冷蔵庫男は夢中で指を抜き差しし始めた。

女が極点に向かう様子を見たいのは、男の本能だろう。

「いくっ、いくっ、いくっ」

本当に昇天しそうだったが、すんでのところで堪《こら》え、亜矢は運転手の左耳の下あたりを思い切り突いた。

顎関節と頭蓋骨の繋ぎ目はひとつの急所だった。

「おぉおおおおお」

運転手が絶叫し、急ブレーキを踏んだ。

すかさず亜矢は後部扉を開けた。上半身から路上に落ちる。男の指がずるっ、と抜けた。

「岩木さんっ、助けて」

シーマの前方を歩いていた乃愛が驚いた顔をして歩み寄ってきた。亜矢は濡れた股間を開陳している。しかし、恥ずかしいとか、隠さなきゃとか考えている場合ではなかった。

「この車、あなたのことも撥ねようとしていたわ」

無我夢中で叫んだ。クロッチがずれてアソコを出したままの女の叫びを聞き入れてくれるかどうかは疑問だった。

「ほざくな」

冷蔵庫男が、身体を乗り出してきた。亜矢は路上を這った。そのときだった。

バン、と乃愛が路面を蹴った。月夜に引き締まった身体が舞い上がる。膝を折り曲げて舞い降りてきた。

「うぉおおおっ」

膝頭が、冷蔵庫男の顔面に落下した。血飛沫《ちしぶき》が上がる。

「戻りましょう。その方が速く走れそう」

乃愛が駅の方向に指を向けた。

「ありがとう」

ふたりで全速力で坂を降りた。亜矢は股間から、とろ蜜を垂らしながら走った。クロッチを直している暇もなかったのだ。

男ふたりはすぐには立ち直れなかったのか、シーマは追ってこなかった。

五分後、荒い息を吐きながら梶が谷駅の前に戻っていた。

「どうして私の名前を？」

「あなたが狙われる可能性があったので、尾行していました」

乃愛の表情が固まった。

「警察の方とかでしょうか？」

「信じがたいでしょうけどそうなのよ」

亜矢はスカートの中に手を突っ込んで、もぞもぞとクロッチの位置を直しながら答えた。出来るものなら穿き替えたいが、それよりも存在がバレたのだから任意の聴取に切り替えたい。

「どこかゆっくり話せる場所はないかしら？」

「この時間だとここら辺で、やっている店はありません」

乃愛は自分がなぜ、狙われたのかとは聞き返してこなかった。予期していた、そんな眸をしている。

「私と一緒に来てくれる？」

亜矢は警察手帳を示しながら駅を指さした。また誰かが襲ってくるかも知れなかった。

電車など人目に付きやすい方法で移動する方が安全だと思った。

「わかりました」

ホームを二月の寒風が吹き抜けていた。

たったいま下りホームに到着した各停電車から大勢の勤め人たちが降りてきて、コートを着た群れが改札口へと向かっている。

亜矢たちは上りホームに立っていた。こちらは閑散としている。ホームに怪しい人影はなかった。

狙ってくるのは和僑ヤクザばかりとは限らない。そう課長の真木洋子から聞かされていた。

さきほど自分を攫《さら》おうとした男の正体も定かではない。

女のアソコにいきなり指を突っ込む攻撃を仕掛けてくるとは、少なくともヤクザではないだろう。訓練された工作員やテロリストの攻撃方法でも聞いたことがない。

必殺まん刺し？

いったいどんな組織だ。

電車がやって来た。

半蔵門《はんぞうもん》線直通の押上《おしあげ》行きだった。夜の十時過ぎとあって、上り電車の車両は空いていた。ふたり並んで座席に腰を降ろした。傍目《はため》には仲のいいＯＬ同士ぐらいに見えるのではないか。

「ねぇ、さっき、私を助けるときに使ったあの飛び膝蹴り、自分で編み出したの？」

さりげなく聞いた。同じ技を使った風俗嬢がいるのだ。

「はい。格闘技の技として覚えたわけではありません。学生時代、前方宙がえりの練習中に、突然膝に激痛を覚えて空中で抱え込んでしまったのが記憶に残って身体が覚えていたんですね。あれ、キックボクシングでは真空飛び膝蹴りっていうそうですが、私は偶然身についただけです」

乃愛は淡々と答えている。

「それであの技、誰かに教えた？」

横を向き、乃愛の横顔をしっかり見つめて聞いた。乃愛の顔に諦観が浮かんだ。

「やはり、そのことが問題になっているんですよね。今日いきなりテレビ局が来たのもなんか変だと思いました」

「心のどっかに不安があるなら、早めに言った方がいいよ。特にやましい気持ちがあるときはね」

亜矢は誘導質問をした。新宿七分署の生活安全課時代、万引きを目撃した時、職質で必ずそう聞いた。特に初犯者にはだ。自主的に返却すれば、逮捕しないこともあった。

「教えた人がいます」

「前原朋美さん？」

ズバリ聞いた。

「そうです。どういうわけか、クラブの方から頼まれたんです。スポーツジムなのに武闘を教えるのって変ですけど、お客様の護身術になるからといわれて」

亜矢の心臓が高鳴った。やはりあのスポーツクラブは爆風会の触覚機関《ポリスモード》なのだ。すぐにスマホを取り出し、課長の真木にメールで伝えた。刑事用携帯端末である。セキュリテイは万全なスマホだ。

するとすぐに返事が来た。

【うまく逃げられたようね】

小栗がどこかからか見張っていたらしい。助かるがプライバシーゼロということでもある。アソコも画像に入っているということだ。

【どっから見ていたんですか？】

と打ち返すと、それには答えず、課長からは命令のみが飛んできた。

【岩木乃愛を保護する必要があります。そのまま警察庁に連れてきて下さい。それと彼女を性安課の委託刑事に勧誘しようと思っています。道々、彼女のキャラクターを摑んでください】

スカウト業務もですか？　性安課はまじに人使いが荒い。亜矢はため息をついた。

それでも、ひとりでも仲間は増えたほうがいい。

観察してみることにした。

初対面の人間のキャラを短時間で知る方法はひとつだ。エロ話を振ることだ。スポーツクラブでの細かな仕事内容の聴取は松重に任せることにして、亜矢は体操についての世間話からはじめた。柔軟トレーニングについていろいろ聞いた。

表参道《おもてさんどう》で銀座《ぎんざ》線に乗り換えるホームで、聞いてみた。

「乃愛ちゃんなんかは、男の人とエッチするときとか、身体くにゃくにゃだから、凄い技を使えそうだよねぇ。どんな体位でも出来るでしょう」

質問してから、つくづくおっさんみたいな聞き方だと思った。

するとの乃愛の顔が真っ赤になった。

「私、マジ、男性経験ないんです」

ボソッとそういった。嘘でしょ、とは返せなかった。岩木乃愛、二十六歳。亜矢の一個下でしかない。もし本当だったとしたら、そう返すのは酷というものだ。

亜矢は、真剣な表情で確認した。もちろん小声で、だ。

「処女？」

「はい。そうなんです。刑事さんってそんなことまで聞くんですか？」

乃愛が困ったように、うつむいた。これはマジだ。惚《とぼ》けているようには思えない。

「いやいや、ごめんなさい。そうよね、体操一筋の青春だったんだものね。私らみたいなビッチとは違うわ。あっ、そのことは決して口外しないから」

亜矢は取り繕った。もちろん報告すべき事項ではない。

処女でもスケベでも、どっちでも刑事にはなれる。

「処女の秘密は守るけど、私が拉致られたり、あなたが撥ねられそうになった理由は、ちゃんと話してもらわないとね」

「わかりました。まだ想像の段階でしかないんですけど、思い当たるふしはあります」

乃愛がうなだれた。

第二章　闇からのメッセンジャー

1

翌日。

警察総合庁舎六階の性安課専用室で、松重は、相川将太と指原茉莉から昨夜の報告を受けていた。

もちろん洋子も一緒に聞いている。

窓際の円卓テーブル。冬の低い陽光が垂れこめていた。

窓下には皇居の緑が広がっている。冬でも緑が強い。

まず相川の話を聞く。

「広報の竹内美菜子は三軒茶屋《さんげんぢゃや》のマンションに住んでいました。昨夜は真《ま》っ直《す》ぐ自宅に帰ったきり、午前八時三十分まで一歩も外に出ていません。二子玉川駅のカフェで朝食をとり、九時二十分にはクラブにはいっています。自分はその後、三茶に引き返し、近くの不動産屋で竹内美菜子の住むマンションの家賃を確認してきました」

と、そこで相川は、缶コーヒーを一口飲んだ。手帳を手繰っている。

松重は腕を組んだまま聞いていたが、一服したくなった。

胸ポケットからメビウスの箱を出したが、洋子に手の甲を叩《たた》かれた。まるで古女房の仕草だ。

庁内はすべて禁煙である。息が詰まりそうだ。清浄な空気の中にいると死んでしまいそうな気分になる。そういう人種がいることもわかって欲しい。

「彼女の住むマンション『ギャレットタワー三軒茶屋』の賃料は一番安い部屋でも二十二万円です。二十代の女性が住む部屋にしては、めちゃくちゃ高くないですか」

相川はスマホを取り出し、マンションの外観と間取り図を示した。同型の二LDKだそうだ。

「六十平方メートルあります。独り住まいにしては大きすぎます」

相川は、間取り図を見て羨ましそうな顔をした。三十八歳で階級が巡査部長の相川は、いまだに独身寮住まいである。

「そうね。もっと行確する必要があるわね。竹内美菜子のバックグラウンドを当たって」

洋子が言った。行確とは行動確認のことである。

「わかりました。今日から張り付きます」

相川が手帳を閉じた。

続いて指原茉莉が手を挙げて発言した。茉莉は手帳ではなくタブレットを拡《ひろ》げている。メモはすべて活字にしてあるようだ。

「中村史郎も青山《あおやま》の高級マンションに住んでいます。『レキシントン表参道』。六階の角部屋です、昨夜は九時半ごろに帰宅しましたが、三十分後にタクシーで紀尾井《きおい》町《ちょう》のニューオータニに行き、ホテル内のバーで誰かと会ったようです。私の服装では場違いな感じだったので、中の確認はしていません。十一時には出てきて、そのままタクシーに乗りました。残念ながらタクシー乗り場には一台しか待機車がおらず、一時的に見失いました。五分ほど遅れてタクシーがきたので、すぐに表参道のマンションの監視に向かいましたが、窓の灯《あか》りから帰宅している様子はありませんでした。そのまま張っていると中村は午前二時十五分に帰宅しました。朝は八時半に、ごく普通に表参道駅から二子玉川に向かっています」

「つまり中村はホテルを出て、三時間ほどどこかに行っていたということか」

松重が聞いた。猛烈に煙草《たばこ》が喫《す》いたいが我慢だ。

「そういうことになります。見逃して申しわけありません」

茉莉が頭を下げた。

「あなたのせいじゃないわ。ひとり尾行の限界があるのよ。それに、昨夜のうちに相手が動き出すとは思っていなかったわけだし」

洋子がため息をついた。

性安課の任務は、たいがいの場合、潜入である。それも捜査対象はおおむね売春組織である。その胴元を潰すのが任務だからだ。

したがって殺人や強行犯を追う捜査課とは違い、通常は捜査車両は持ちあわせていない。

「久保田さんに張り込み用の車両手配をお願いすることにします。今夜からは車を使ってください」

洋子が、タブレットにメモを書いた。このへんの段取りは早い。

「わかりました」

相川と茉莉が、伸びをしながら出ていった。十一時三十分だった。

「課長、早飯にいきませんか。焼き魚、納豆定食」

松重は提案した。

とにかく一回煙草を喫いたい。性安課の会議テーブルに座っていたのでは、永遠に喫えない。

「そうね。小栗君と新垣さんも一緒にどう？」

洋子が身体を捻《ひね》ってふたりに聞いている。

「はい、ぼくの方も報告があります。中野の『朝比奈製薬体操クラブ』に入ったエルグランドが今朝、また動きました。行先は江《え》の島《しま》です。駐車場に止まったままです」

「誰かと接触か？」

「公営駐車場ですから、防犯カメラが何台も設置されているのでチェックはしやすいです。エルグランドの周囲にいる車のナンバーを拾って、全部照会します。数日お待ちください」

こういう手間のかかる作業は小栗に任せるしかない。

「飯を食いながら分析しよう」

松重は立ち上がった。爪先はすでに喫煙ルームに向かっていた。

「私はあっちで亜矢のサポートをしてきます。岩木乃愛の非公式聴取を手伝ってほしいみたいです」

唯子は壁の方を指さした。あっちとは隣の警視庁庁舎のことである。

岩木乃愛は、警視庁の極秘宿泊室に泊めてある。亜矢がつきっきりだ。本人には女警の宿泊施設だといってあるが、実は留置場に見えない留置場なのである。

警視庁の中にはそうした極秘の部屋がいくつもあるが、松重もそれらの存在は知らない。

「新垣さん、お願いね。岩木乃愛は、たぶん、うちらの仲間に入ることになるから、その辺のオリエンテーションも何気にやっておいてよ」

洋子が、しゃらんと言った。

「重要参考人が委託刑事要員ですか？」

「そう」

あっさり言った。

「わかりました。ということは、親御さんにもそういう方向で説明を」

らなくなる。

唯子が問い返している。長期滞在になるのだから当然、親には説明しなければな

「親御さんには、警察庁に来ていただいて、本人から説明させるのが一番いいでしょう。しばらくは、訓練を受けるとかなんとか理由を付けさせてよ」

「わかりました」

唯子は性安課を出て警視庁に向かった。

「俺は、一服してから追いかけます。いつもの定食屋ですね」

松重は胸ポケットからメビウスの箱を取り出しながら、霞が関方面に目配《めくば》せした。

「このあたりで、お米が一番おいしい食堂は、あそこしかないでしょう。五分後に食堂に集合」

洋子が尻を振りながらいったん自席に戻って行く。このところ色気が増してきたような気がする。

松重は喫煙室でまとめて三本ほど喫い、外に出た。二月の風が冷たい。それでも皇居の周囲には多くのランナーがいた。

容疑者確保でもないのに、走る奴《やつ》の気が知れなかった。

霞が関の、農林水産省庁舎の北口へ向かう。

一般にも開放されている食堂があるのだ。

なんといっても、食事は農林水産省だ。米も魚も肉も旨《うま》い。

まだ十二時前とあって店内は空《す》いていた。洋子と小栗が、一番奥の席に陣取っている。

松重は紅鮭《べにざけ》定食に納豆の載ったトレーを持ち、ふたりのテーブルに着いた。

「健康的な取り合わせね」

「拳銃で撃たれて死ぬのは本望だが、糖尿病や脳梗塞で療養生活に入るのは嫌ですからね」

本音である。松重は、歳《とし》を重ねるほどにそう思うようになった。

洋子は野菜カレーを、小栗はステーキランチを食べていた。

「エルグランドが朝比奈製薬体操クラブに入ったというのは、爆風会と繋《つな》がっていると見て間違いないだろう。揺さぶってみますか？」

松重は、納豆を混ぜながら言った。

葱《ねぎ》を多めに入れてもらっている。水戸《みと》納豆だ。

「うーん。それはちょっと待って。主任コーチの青木久彦《あおきひさひこ》は、東京オリンピック誘致の陰の功労者だともいわれているのよ。つまり政界とも繋がっているということ。

迂闊《うかつ》には手を出せないわ」

洋子が言った。

「だから長官は、刑事部や組織犯罪対策部に手を引かせて、うちに隠密《おんみつ》捜査を振ってきたんでしょうけど、その割にはバレるのが早すぎた気がしますな」

松重が答えた。

朝比奈製薬体操クラブについては、昨夜洋子からオリエンテーションを受けている。

企業の運営する体操クラブではあるが、その実権は、指導者である青木久彦とその妻茂子《しげこ》に握られているらしい。

このふたりが曲者《くせもの》だ。

共に元日本代表の体操選手だが、メダリストではない。ただし、その後の指導者としての実績は、群を抜いていた。

国際的に活躍できる選手を数多《あまた》育て上げている。

現役時代に成果のなかった選手のほうが、むしろ天才だった選手よりも、指導はうまいと言われている。凡人である後輩たちの気持ちに寄り添えるからだ。

『凡人を天才に育てる夫婦コーチ』

マスコミも青木夫妻をそう評価していた。

青木久彦は六十七歳。茂子は六十五歳だ。

だがその一方で、朝比奈製薬体操クラブは、選手の引き抜きに関する悪評もある。かなり強引な手口で、ライバルクラブや体育大学所属の選手を引き抜いているというのだ。

手口は、ネットや怪文書で、相手コーチを誹謗《ひぼう》中傷するものだ。もちろん、その確たる証拠はまだ挙がっていない。ここらへんも突いてみる価値はある。

「最近は、朝比奈製薬体操クラブの審査員買収疑惑が出てますよね」

薄いステーキの切れ端を口に運んでいた小栗が、声を潜めて聞いてきた。洋子が答えた。

「まだその根拠はないわ。他クラブからの逆中傷ってこともあるから。そこらへんは慎重に見極めないと」

「というか、採点買収の根拠は現時点で到底立証できないから、売春疑惑であげろってことでしょう」

松重はズバリ核心を突いた。

「まぁ、そういうことだけどねぇ」

洋子が肩を窄《すぼ》めた。

「それも、国益を損ねないようにですよね」

小栗が言う。

「そうなのよ。だけど昨日私たちが、風俗嬢とスポーツクラブの関係を洗いにいったただけで、もう敵が真っ向攻めてくるって早すぎない？　内部に爆風会と繋がっている人間がいるってことでしょう」

洋子がため息交じりにいう。カレーをスプーンで口に運んだ。でかい人参《にんじん》だった。

松重はつくづく洋子の落ち着いた反応に感心した。

性安課が出来た当時は、淫場に臨場しただけで卒倒しそうになったキャリアが、いまでは、拳銃を撃ち込まれて死にそうな目に遭っても、平然と任務を続行している。経験は人を成長させる。

「それもありますけど、昨日の課長のお話を聞く限り、内調《ないちょう》がずっと爆風会と朝比奈製薬体操クラブをすでに張り込んでいるのではないでしょうか？」

「六年間ずっと見張っていたということ？」

「もし、彼らが容疑を知っていたとしたら、そうしていると思います。無事大会が終るまで、絶対に彼らから漏れないように画策し、逆に大会が無事終了したら、関係者を別件でリークして、闇に葬るつもりでしょう」

「きっとそうね」

松重は塩鮭と白飯を交互に口に入れた。紅《あか》い鮭と白い飯。どちらも旨い。ときどき青海苔《あおのり》の味噌汁《みそしる》を飲む。

旨いものを食っていると頭が回ってくる。ふと昨夜の一連の流れを思い返してみる。

「課長、惚《とぼ》けないでくださいよ。端《はな》から内調が絡んでると読んでいて、岡崎をウラジーミルに接触させているんでしょう」

敵の敵とは、何も和僑マフィアや中国諜報《ちょうほう》機関ばかりとは限らない。日本の内閣情報調査室の裏を掻《か》くにはロシアが役に立つ。ＣＩＡでは筒抜けになるのだ。

なんと危ない橋を渡る女なのだ。

「いや、根拠はないのよ。ただこういう場合、六本木租界には、世間の知らない情報が転がっているから。とりあえず探ってもらおうかな、と」

洋子は単にマル暴事件としていない証拠だ。これは間違いなく政治が絡んでいる。

「それと課長。岩木乃愛をうちの委託刑事にするという件、あれも課長の巧妙な隠匿策ですね。証人を掌中に入れるという」

いちおう確認のために聞いた。

「それは深読みし過ぎよ、松っさん。隠匿じゃなくて保護。警察庁性活安全課が最大のセーフハウスになるのよ」

カレーを食べ終わった洋子が、ナプキンで口を拭いながらいけしゃあしゃあと、そういった。

成長しやがった。いつの間にかこの俺が出し抜かれるようになった。

松重は、心の中で軽く拍手した。絶対まん刺ししてやる。

それはそうと、的場にしてはドジな死に方過ぎる。和僑マフィアといってもヤクザはヤクザだ。そう簡単に刑事を殺さないだろう。

じゃあ、どこがやった？

松重は自問自答を繰り返した。

2

「上海大会のときです。控室で、私、見られちゃったんです」

乃愛がようやく話し始めた。

世間話から始まり、二時間が経《た》ちようやく核心に近づいた。

亜矢は、警視庁の七階にある『特殊取調室』を使用していた。

聴取される相手がまさか取り調べられているとは思わない造作になっているから『特殊』と付いている。

用途に合わせていくつかのタイプがあるが、この部屋は資料部屋の様相を呈《てい》していた。三方をスチール棚が囲んでおりさまざまなファイルが挿し込んである。すべてダミーだ。直接的な容疑をかけて引っ張っていない人間から聴取を取る場合、安心させるために、このような部屋を用意している。他にいかにもてなしているように思わせる貴賓室風や、一緒に飲みましょう的なホームバー式の部屋まである。

もちろん、一切公表されていない。

「見られたって何を？」

亜矢は紙コップにペットボトルの麦茶を注《つ》ぎながら聞いた。

「オ、オナニーです」

ずるっ、と手元が狂った。スチール製の机の上に麦茶を溢《こぼ》す。まさか美貌の処女の口からオナニーという言葉が飛び出すとは思わなかった。

「あの、体操選手は、控室でそういうことはよくやるの？」

好奇心からの質問ではない。ひょっとしてオナニーは精神統一にいいのではないかなどと推察した。

「いや、天に誓ってありえません。体操界を誤解しないでください」

乃愛が激しく首を振った。

「ということは、岩木さんにその癖があるということですか？　いや、私もありますから、恥ずかしがらないでください。ひとりエッチは生理現象だと理解していますから」

「それも違います。私、めったなことでやりません」

乃愛が眸《めっ》を吊り上げた。

「じゃぁ、なんで、上海でオナニーなんですか」

「控室は四人部屋でした。ふつうはもっと大きな部屋を二十人単位で使うんですが、この日は少人数ずつ小さな部屋を割り当てられたんです。小さな部屋といってもホテルのツインルームぐらいはあります。何もない部屋です。そこに選手はだいたいマットとか敷いて等分に自分のスペースを作るんです」

「夏のビーチの陣取りみたいな感じじね」

「まぁ、似てるかもしれません」

「日本人同士？」

「いいえ、私の他は、中国人ふたりと別枠で選出された香港からの選手がひとりです。欧米系選手とは分けられていました」

「香港は別枠なのね」

「大会にもよりますが、そのときはそうでした。いちおうあの国、一国二制度ですから、香港は別枠なことが多いです」

乃愛の顔が明るくなった。

「ごめん、香港の話はおいて、オナニーの話に戻そう」

自分で振っておいて、こういういい方もどうかと思うが、これも反応チェックの要素なのだ。本当のことを話しているか、作り話をしているか見定めるためには、相手が予想していない質問をぶつけるのがいい。松重から習ったテクニックだ。

「いきなり、中国のふたりがやりだしたんです」

乃愛がぼそぼそと小さな声で言った。耳朶《みみたぶ》を真っ赤に染めている。意味はわかっていたが、あえて切り込んだ。

「やりだしたというのはオナニーのことね」

オナニー、オナニーと何度も言うことで、あたかもそれが普通の単語のように思わせる。

「はい」

それでも乃愛は、消え入るような声で答えた。

「お互いよく見える位置なの？」

リアルに状況を説明させることが肝心だ。嘘《うそ》であれば必ず破綻がある。

「中国選手二人と向かい合う形でした。私の隣は香港選手です」

「なるほど」

亜矢は、頭の中に位置関係を描きながら聞いた。

「全員、ストレッチしている途中でした。目の前のふたりがいきなりジャージの中に手を突っ込んで喘《あえ》ぎだしたんです」

「そうなんだ」

相槌《あいづち》を打つ。一人っ子政策でわがまま放題に育った中国人選手ならありえないことではない。自分がどこで何をしてもかまわない、という意識の中国富裕層の子女は想像以上に多いのだ。訪日観光客の中にも、その手の人間は多い。道端でも平気で用を足したがるとガイドが泣いていた。男だけではない、女もだ。

「そしたら、隣の香港人も始めたんです」

それは珍しいと思った。ほんの二十年前まで英国領であった香港では、西洋型のモラルがいきわたっている。人前で、普通にオナニーする女がいるとは思えない。

とりあえず喋《しゃべ》らせたうえで判断することにする。

「部屋を出ようと思ったんですが、国際試合の時に、荷物を置いたまま出るのは危険なんです。禁止薬物などを仕掛けられる可能性もありますから」

「大学のコーチは一緒じゃなかったの？」

「そのときは、コーチたちが、主催者側からレギュレーションの説明で集められていたときでしたから」

「その隙を狙ったということね」

「いまにしてみれば、おそらく」

「三人がやっていれば、自分もやらなきゃ、と思ったわけ？」

「そうではありません。私はそのとき性的な興奮を覚えていませんでした」

乃愛がきっぱりとした口調で言った。なんか硬い印象の子だ。

「なら、なぜ？」

「真向いでオナニーしていた中国人選手が、いきなりローターを放り投げてきたんです」

それはすごいじゃん、と口を突きそうになった言葉を呑《の》み込んだ。ここは話の腰を折るタイミングではない。亜矢は、乃愛に、話を続けるように眼で促した。

「それが何に使うものかは知っていました。でも見るのも手にするのも初めてでした」

「で、当ててみたくなったんだ」

バイブなら拒絶感の方が強かっただろう。だが、ローターなら気持ちは違う。女心はそんなものだ。

「スイッチを入れると、手のひらの上で、ローターが踊り出しました。ただ微妙な振動だなって思いました」

「いきなり、アソコに当てたくなったの？」

そう聞くと、乃愛はかぶりを振った。

「香港人が『バストにいいよ。身体《からだ》がほぐれる』って、英語で教えてくれたんです。中国語は、私、北京《ペキン》語も広東語もまったくわかりませんが、英語なら多少理解できました」

「なるほど。身体がほぐれるといわれれば、試したくなるわね」

だいたい相手の手口は読めた。香港人も本当に香港出身なのかはわからない。乃愛が言っていることが本当なら、彼女はマトにかけられたのだ。

「乳首に、ブルブルってきたでしょう」

亜矢は会話を誘導した。

ことオナニー論に関していえば、性安課で亜矢と唯子に勝てる者はいない。

「身体がほぐれるなんてものではありませんでした。おっぱいが溶けるかと思いました」

どうやらいきなり乳頭のトップに当てたようだ。

「のけ反った？」

「はい」

正直だ。

「乳暈《にゅううん》にぶつぶつが浮かんだでしょう」

「そこまでは見ていません」

「要するにそのまま、下にも当てたくなっちゃったんだ？」

亜矢は乃愛の股間を指さした。乃愛は沈黙した。たぶんグイグイ押し付けたと思う。一度クリトリスに押し付けたら、昇天するまで中断出来るものではない。

「大事な点だけ聞くけど、そのとき昇《い》った？」

「それって、大事な点ですか？」

「うん、頂点に向かうときっていうのは、周りが見えなくなるでしょう」

「見えなくなりました」

「真向いの中国人もローター使っていたの？」

「いいえ、たぶん使っていません。あの子たちは、ジャージの中に手を突っ込んでもじもじ動かしていました」

それでは本当に肝心なところを弄《いじ》っていたかはわからない。

「乃愛ちゃんは、ジャージの上からローターを当てていたの？」

「そういうことになります」

「で、撮影されていたというわけね」

もう吐かせなくてもわかる。

「香港の子が写メ撮っていて『平行棒で遠慮してね』っていわれたんです。着地で失敗しないと、拡散するって。ビビアン・ラムという英国名登録の選手でした」

「ひどい話ね」

さして同情はしないが、そう言ってやる。本音は、競争社会とはそんなものだということだ。

「それでどうしたの？」

「平行棒の着地に失敗しました。無理やり失敗の体勢に持っていったのが原因で、膝を痛めてしまいました。それが競技者としての命取りになったわけです」

もったいない、オナニーぐらいで、と言いそうになり、またその言葉を呑み込んだ。オナニー画像ぐらい拡散されたって、困ることでもあるまい。

スポーツ女子のなかには、競技中にバストのトップをポロリとやったり、ショーパンから秘貝をハミ出させても平然と競技を続けている子もいるのだ。

そのぐらいタフな子が世界にはいる。体育大卒の相川からそんな話を聞かされたことがある。

十年ほど前になるが、クラブでの乱行映像が流出したスノースポーツの女子選手もいる。それでも彼女は国際選手権に堂々と出場した。

要はメンタルの問題だと思う。

「で、その撮影された画像は取り戻せたの？」

取り戻せていなければ永遠に脅されることになる。

「競技終了直後にコーチが飛んできたんで、私泣きながら事情を話したんです。そしたら、すぐにビビアンのコーチのそばに行って、怒鳴りました。彼女からスマホを取り上げ、目の前で叩き割りました。以後、画像は出回ったことはありません」

乃愛がきりりとした顔で言う。

「コーチの名前は?」

「足立陽介《あだちようすけ》さんといいます」

「いまも大学に?」

「いいえ、その大会から帰国してすぐに辞めました。でも、その後も私のことを気にかけてくれて、卒業後、光玉川スポーツ倶楽部への就職を世話してくれたんです」

「その足立さんはいまは、何をやっているのかしら」

光玉川スポーツ倶楽部に繋がるとは、気になる男だ。

「『スポーツドネーション』というNPO法人の代表になっています」

「それどんな活動をしている団体?」

「まだあまり知られていない競技のPR活動のお手伝いとか、大きなスポーツイベントでのボランティアの募集や派遣の仲介のようです。NPOですから手数料などは取っていません。助成金と寄付で運営されていると聞いています」

愛弟子《まなでし》が怪我《けが》で挫折したのを契機に、社会貢献へ身を投じたコーチ。美しい話だ。

松重なら「美しすぎて、棘《とげ》が丸見え」と鼻で笑うだろう。

亜矢はＮＰＯについてあまりよく知らない。

だが、助成金目当てにヤクザがＮＰＯをやたらと作っているという話も聞く。

真木課長がいずれ詳しく分析するだろう。

ここでの会話は録音をされているのだ。

書棚に並んだファイルの間にレンズやマイクが隠れており、いまも隣の部屋では唯子もこの会話を聞いている。

自分以外にも客観的に観察をしている者がいた方がいいという判断から、傍受されているのだが、会話がオナニーのくだりに入った頃から、間違いなくあの女は股を擦りながら聞いているだろう。スケベめ。

それはどうでもいい。

足立が光玉川スポーツ倶楽部と繋がっている以上、中国人選手と組んでいた可能性は十分ある。

「その光玉川スポーツ倶楽部では、秘密のトレーニング指導もあったんでしょう」

「はい。昨夜、私たちが狙われたのは、そこだと思います」

乃愛がこっくり頷《うなず》いた。

「何を教えていたの」

「うまく言えないんですが、体操という名の武術ではないでしょうか」

乃愛が、眼を泳がせた。まだ逡巡《しゅんじゅん》しているようだ。

「結果を想像しないで教えていたのなら、罪には問われないわ」

「知っていたんです。これは格闘用の訓練だなって」

乃愛が真顔で答えた。正直な女だ。あまり正直でも困る。

「知らなかったことにしてよ。面倒くさくなるから」

「いいんですか」

「あなたを逮捕するために話を聞いているわけじゃないわ」

亜矢は声を尖《とが》らせた。だんだんまどろっこしくなってきた。

乃愛が続けた。

「クラブから指定された女性だけ、特殊な筋トレをしました。おそらく彼女たちは競技ならドーピングになる薬物も使用していたと思います」

「前原朋美だけじゃなかったのね」

「はい。中国や香港、マカオの人たちもいました。私が知らないだけでそれ以外の国の人もいたと思います」

「目的は想像つく？」

「女性工作員か傭兵《ようへい》の育成だと思います。私が教えたのは、バク転や側転でも、動きを変えれば、蹴り技になります。それに体操の基本は筋肉を鍛え上げ、なおかつ各関節の可動域を拡げることですから、これを習得すると格闘のためのさまざまな技をマスターしやすくなります」

「格闘のための鍛錬ではないかと、気づいたのはいつごろから？」

「はじめてすぐです。秘密特訓の女性たちの雰囲気が、ちょっと違う感じがしたんです」

「雰囲気が違うって？」

「眸《め》の奥が昏《くら》いんです。みんなどこか殺伐として、とにかく必死で技を覚えているという感じでした。いわゆる町のスポーツクラブで汗を流そうという女性とは、明らかに違っていました。かといって競技者を目指しているわけでもなく、とにかくバク転と側転を必死に覚えようとするんですよ」

借金など、何か弱みがあってのことだろう。

「足立コーチは介在していたのかしら？」

乃愛は息を飲んだ。五秒ほど沈黙した。

ここがこの子が、うちらの仲間にはいるかどうかの分かれ道だ。

天井を睨《にら》むように顔をあげ、視線を戻したところで言った。

「実は、全部、足立さんが集めた人たちだったんです。日本人も外国人もすべて足立さんのNPO法人スポーツドネーションを通して集められた女たちです」

乃愛はとりあえず、こっち側に舵《かじ》を切ってくれたようだ。

「自分を育ててくれたコーチが初めから裏切っていたとは、信じたくはないよねぇ」

先回りしていってあげる。

「やっぱりそういうことなんでしょうか？」

「そうだと思う。私たち警察から見れば、すべて仕組まれて、そうなったと思う」

「と、いうことは」

「乃愛ちゃんのオナニー画像はまだ足立コーチか光玉川スポーツ倶楽部の誰かの手に存在しているでしょうね」

「うすうすは、そう思っていたんですが、さすがにコーチが敵だったとは受け止めたくなくて」

「気持ちはわかるわ」

ひと息入れてさらに突っ込んだ。

「バク転、格闘用だけだったと思う？」

乃愛は考え込んだ。

「なんとなくこれは卑猥《ひわい》なことをするために訓練しているんじゃないかなぁ、とも思いました」

口ぶりからして確信は持っていなかったようだ。

未必の故意には当たらない。仲間になれるタイプだ。

「でも平気よ。全部話してくれて、うちらに協力してくれれば、必ず、あなたのオナニー画像はこの世から消してあげる」

その画像をたっぷり眺めることになる男が、ひとりいることは黙っていた。

「本当ですか」

「本当よ。警察だってやるときはやるわ」

「どんな協力でもします」

「じゃぁ、仲間になって」

間髪容《い》れずに言った。

「仲間？」

「そう、乃愛ちゃん、刑事にならない？」

亜矢は勧誘員の眼になった。このところこの任務の方が多い。

「刑事って、こんなふうにスカウトされるものなんですか？」

「うん。とくに潜入刑事はね」

乃愛は複雑な表情をした。そこに書類ホルダーを持った新垣唯子が入ってきた。今週はおかっぱ頭にしている。

「これ民間委託刑事に関する資料と申込書。読んで面白いと思ったら、一緒に私たちと働こうよ。新しい未来があるわよ」

唯子も、押してくれている。見ようによってはやばい自己実現集団かなにかの勧誘だ。

「あの、これ本当に警察なんですよね。なんですかこの性活安全課って、性の字が違う気がするんですけど」

戸惑うのが普通だ。

「じっくり説明するわ。もちろん嫌なら、断っていいのよ」

亜矢が、説明を始めた。説明の口調が通販のおばちゃんになっているのが自分でもわかった。

3

石黒里美にとって、今夜は三日目のウォーキングとなっていた。

店はごった返していた。六本木の交差点に近いパブ「オールカラー」。店名通りすべての人種がいる。言語もさまざま飛び交っていたが、日本語はほとんど聞こえない。

初日は岡崎と一緒に入ったが、次の日からはひとりでやってきている。里美は、フリーランスのキャスティングプロデューサーという職業に偽装《カバー》していた。元モデルなので、真実味のある嘘がつける。

最初にこの店に来た際、岡崎がかつての協力者たちにも里美のカバー情報の拡散を指示してくれていた。

〈スポーツイベントを多く抱えている〉

〈ダンスができるアスリートを探している〉

そんな前触れだった。

そろそろ誰かが接近してくるはずだ。

里美はキャメルカラーのオーバーコートを着込んだまま、店内を横切るようにカウンターへと進んだ。

岡崎も今夜は、六本木に来ているが、別な店に行っている。ロシア大使館のウラジーミルと高級キャバクラの『セクシーギャング』に行っているのだ。

ウラジーミルの希望らしい。

情報を渡すからには、キャバクラぐらいおごれということらしい。

里美は腕時計を確認した。小栗が開発したシークレットウォッチだ。今夜はリューズを押すだけで岡崎に緊急コールを送ることが出来るようになっている。

「ラムコークをふたつ」

ごった返すカウンターに割り込み、セネガル人のバーテンダーに注文を入れた。あたかも連れがいるようにふたつオーダーしたのだ。

セネガル人バーテンダーは、酒棚からラムのボトルを降ろし、グラスに二センチほど注ぐと、業務用のサーバーホースを取り出し、勢いよくコーラを足した。ラムはマイヤーズだった。

不審な手の動きはなかった。

それでも、誰かが自分をマトにかけていないとは限らない。

里美はグラスを受け取ってもすぐには口にしなかった。

やたらとやかましいアッパー系のユーロビートが鳴り響いている中、里美は立錐《りっすい》の余地もない店内を身を躱《かわ》しながら歩き、店の前にあるテラス席へと出た。

ここも大勢の人であふれ返っている。身なりからして一流会社の駐在員のように思える男女が多い。

里美は人を探すふりをした。

何人かの男に話しかけられるが、いずれも白人なので避ける。

五分ほどして、ラムコークの気泡が少なくなってきたときだった。

「今夜はやけに混んでいますね」

英語で話しかけられたが、顔はアジア人だった。三十代半ば。きちんとスーツを着た男だった。

上海か香港で成功した実業家。そんな雰囲気が漂っている。

里美は、芸能界時代、ハリウッドに挑戦しようとロスに滞在していた時期があったので、日常会話程度の英語は理解している。英語で答えた。

「そうですね。あなたはおひとり？」

「はい」

男は満面に笑みを浮かべた。

テラスの隅で立ち話になった。

「スタンレー王《ワン》といいます。マカオ系中国人です」

「私は、中森聖子《なかもりせいこ》。生粋の日本人です」

我ながらひどい偽名だと思う。

スタンレーもきょとんとした顔になった。

笑ってはまずいという顔だ。

こいつ日本人じゃね？

里美は咄嗟《とっさ》に、そう感じた。

中森聖子で、笑えるのは日本人しかいない。とりあえず観察を続ける。

手にしていたグラスを、スタンレーに押しつけた。

「連れのものなんですが、どこかに行ってしまって」

里美はまだどちらのグラスも口にしていなかった。

「いただいていいんですか？」

スタンレーはグラスを受け取り、笑顔で一口飲んだ。

里美は、じっと男の眼を見つめた。眼力には自信がある。この悩殺視線で何度もオーディションを勝ち抜いたのだ。

もっとも、今夜に限って言えば、ラムコークの中には、何かふくまれていないか、確認するだけのことである。

「そんな眼で見られたら、照れちゃいますよ」

スタンレーは笑った。問題なさそうだったので、里美もグラスに口を付けた。

「日本にはお仕事で?」

「はい、マカオと東京をいったりきたりしています」

「観光ビジネスですか?」

さりげなく聞いた。

「大きな意味ではそうですね」

「と、いいますと?」

「日本の商社や自治体にカジノ事業のコンサルティングをおこなう仕事をしています」

偽装か本業かまだわからない。

「まぁ、素晴らしい。日本にはないノウハウだわ」

とりあえず、真に受けたふりをする。

「でも、なかなか難しいですよ。日本はラスベガス寄りですからね。シンガポールやマニラのようにアジアは中国資本とノウハウに任せた方がいいと思うんですけどね」

スタンレーの仕事の真贋《しんがん》は別としても、ここでも中国とアメリカが覇権を競っているのは事実だ。

このところ課長の真木のよくいう言葉を思い出す。

『いずれ、日本は中国かアメリカのどちらかのブロックに属さなければ、生き残れなくなるかもしれない』

地政学的には中国。

現行の政治体制的にはアメリカ。

どちらかしかないみたいだ。

いわば日本の現状は、股裂きにあっている状態ということだ。それもかなりな開脚状態だ。

どっちもデブが仕切っているからいやだ。

ただし、里美としても、自分が婆《ばばぁ》になった頃に、この国では中国語か英語のどちらかが、第二公用語になっているような気がしてならない。

「聖子さんは？」

スタンレーが聞いてきた。知っていて近づいてきたくせに、駆け引きしてきてい
る。

「私は、キャスティングプロデューサーという仕事です」

「さて、その内容は？」

「おもにコマーシャルフィルムにモデルさんやタレントさんをキャスティングする
仕事です」

「ショービジネス関係ですか」

スタンレーは大げさに目を丸めて見せた。

「直接ではないですが、近い立場ですね」

「いまは、どんな方を探しているんですか？」

いよいよ聞いてきた。

問題は偽装《カバー》を見破られているか否かだ。

覚悟して答える。

「コマーシャルではないのですが、スポーツイベントのイメージガールを探してい
ます」

どう出る、スタンレー？

「なるほど。華やかなお仕事ですね。ぼくのような人間には無縁の世界だ」

肩透かしを食らう。やはりカバーを見破られていたか？

スタンレーはラムコークをもう一口飲んだ。里美も飲む。

「でも、それはどんなイベントなのですか？」

「詳しくは言えないのですが、ある企業の主催でスポーツイベントが開催されます」

　正直に言えば企画もののスポーツイベントだ。

「そういう大会があるんですね」

スタンレーが軽い反応を示した。

スポーツイベントと言えるかどうか微妙だが、真木課長がいいと目を付けた。

日東テレビの『真冬のジャパン・アスリート王決定戦』のイベントバージョンが
二週間後に開催される。

巨大な跳び箱や、絶壁を昇るような競技ばかりを用意して、その技を競い合う。

東京ドームを使って行われる。

「ええ、スタジアムクラスのイベントです」

スタジアム開催と聞いて、スタンレーの眼が光ったように見えた。

「どんな競技で？」

「変わった競技とだけお伝えしておきます。いずれも正式な競技としては存在しません」

いま競技名を伝えては、引かれそうだ。

「見に行きたいものですね」

「二週間後です。お誘いしますわ。連絡先を教えていただけますか？」

「もちろんです」

スタンレーが胸ポケットから名刺を取り出した。

【ゴールデン・マカオ・ブラザーズ　カジノコンサルタント　スタンレー王】

とある。

立派なのか怪しいのか微妙な社名だ。

「中森さんの連絡先はいただけないのでしょうか？」

スタンレーが言う。こちらも事前に作っておいた名刺を渡す。フリーランスということになっているので、プロデューサー中森聖子としか入っていない。

住所はレンタルオフィス。メールアドレスや電話番号は、このために中森聖子名義で入手している。

犯罪者が過去に生み出した手法はすべて警察の偽装工作のノウハウとして蓄積されており、小栗はいつもその過去例に手を加えて新たな手法を編み出している。

「ありがとう。一緒に飲みたくなったら、連絡してもいいですか？」

スタンレーが意味ありげに笑った。

「そのときのスケジュールにもよりますが、どうかご連絡ください。カジノのお話にも私、興味があります。といってもカジノには行ったことすらないのですが」

「お教えしますよ。カジノの運営も一種のイベントなんです。ショーガールを必要とします。なにか仕事の接点があるかもしれません」

「そうですね。ぜひそんなお話をしたいものですね」

里美は今夜はここまでの会話でいいと判断した。ファーストコンタクトで深追いしすぎるのは禁物だ。

性安課の中で、里美は最近、岡崎と組まされることが増えていた。

今後増えるであろう外国人売春組織の摘発のために、公安部外事一課出身の岡崎から、そのノウハウを学べということのようである。

課長の真木や大ベテランの松重は言葉で教えるということはあまりしない。

『組織は、人事ですべてやって欲しいことを伝える』

意図を知る人間がさらに大役を得ることになり、知らずに怠慢を働く者は、それなりのポジションへと転属させられていく。そういうものらしい。

自分は性安課の外事係に回されたと理解している。

もちろんそんな係はないが、真木洋子はこれからこの課を部に昇格させ、刑事局の一角を担うことを画策しているのは間違いない。

自分も与えられた任務に精進するべきだろう。

さりげなく時計を見た。

リューズを一段階だけ押す。岡崎へのコールの願いだ。

スタンレーがこれからどう出てくるか、様子を見る必要があった。

すぐにコートのポケットの中でスマホのチャイムが鳴る。岡崎からのメールだ。

取り出して、スタンレーには見せないようにメールを読む。

【メロンと女は腐りかけが旨い】

何の意味もない。こういう場合、岡崎はいつも思いつくまま文を送りつけてくる。

確かにどんな内容のメールでもいいのだが、すいぶんと勝手なことを書いてくれるではないか。

「ごめんなさい。待ち合わせの相手が、場所を変更してきたわ」

「それは残念だ。だが仕方がない。次の機会にゆっくりと」

スタンレーはどこまでも紳士的に振る舞っているが、それがまた相手もまた間合いをとっているという証拠だろう。

「では、また」

里美は踵《きびす》を返して、テラス席から道路へと降りた。外苑《がいえん》東通りをロアビル方面に向かって進む。岡崎のいるキャバクラは、さらにその先にある。

4

同じ時間帯。

「恵比寿《えびす》駅って、私は苦手でね」

ウラジーミルがキャバ嬢相手に得意の下ネタを振った。

「ええ、なんでですか？」

マロンブラウンの髪の毛をハーフアップに結わいた年嵩《としかさ》の女が聞いてきた。

「エビスはロシア語ではやばいんだよ。ネットで引いてみるといい」

ウラジーミルは嬉しそうだ。岡崎と同じ三十一歳。ロシア大使館の三等書記官だが、実際は対外情報庁の諜報員だ。

ハーフアップの女がスマホで検索する。

「やだぁ〜。ここのことじゃん」

と自分の股の間を指さした。エロい仕草だ。

ソファに深く座っているので、白のフレアミニスカートから、ちらちらとピンクのパンティが見えていたが、その中心辺りを指さしている。

「熊本は、スワヒリ語では結構やばい」

「スワヒリ語って、どこで使う言葉よ？」

一番若いショートカットの女が水割りを作りながら、岡崎に聞いてきた。この国では知らない人間の方が多いだろう。

「アフリカの言葉だ。ケニア、タンザニア、ウガンダとかで使われている。と言っても俺もよく知らない」

岡崎は答えた。知識をひけらかさない程度に、言ったつもりだ。この店ではウォッカの輸入業者ということになっている。

「タンザナイトしか知らない」

ショートカットの女は、宝石の知識はあるようだ。逆に岡崎はまったく知らない。ハーフアップの女はそれも検索した。なかなか客を乗せるのが上手《うま》い。

「やだぁ。それもこっち系じゃない」

と、また股間を指さす。パンティがまた見える。

「あそこが濡《ぬ》れ濡《ぬ》れの状態を指すんだって。ケニアでは熊本から来ましたって言えないわねぇ」

「絶対に言わない方がいい。やってくださいと訴えているようなものだ」

岡崎は言いながらハーフアップの女に、そろそろVルームへ移動させてくれと眼で訴えた。

里美の方から仕掛けが終わったというコールが入ったのだ。彼女が退散しやすいようにすぐにメールを入れてやる。

ウラジーミルとそろそろ本題に入りたいのだが、こいつはまだ下ネタジョークに夢中だ。日本人の女をからかうのが面白くてたまらないらしい。

「モスクワで、知らない女の前でうっかり『ほいさっさ』なんていったら、下手《へた》したら逮捕される」

ウラジーミルが得意の持ちネタをだした。これでだいたい終りだ。

「えー、ロシアではほいさっさでも、NGなんですか」

水割りのグラスをマドラーで回しながら、岡崎とウラジーミルの前に置いたショートカット女が、不思議そうな顔をした。

「キミも調べてみればいい」

岡崎に促され、ショートカットの女がスマホをタップしはじめた。検索サイトに「ロシア語でほいさっさは？」と入力している。

ウラジーミルは彼女の反応が見たくウズウズしているようだ。目が童心に返っている。この間にハーフアップの女が、ボーイにVルームへの移動を指示してくれている。

「やだぁ」

検索結果を読みながら、ショートカットの女が艶《つや》のある声を上げた。続けて言う。

「でも、私なら平気」

そう言って、真っ赤に塗った唇の間から、肉厚の舌を出し、レロレロと上下させてみせた。

ウラジーミルが、破顔した。こういうシーンを期待していたらしい。膝を叩いて喜んでいる。やはりこの店に連れてきてよかった。

頃合いだった。岡崎はロシア語で伝えた

「ウラジーミル。当社の経費はそれほど多くはない。そろそろ、仕事の話がしたい」

「ラードナ《了解》」

奥まった位置にある個室、通称Vルームに移動した。

「三十分ほどふたりきりにしてくれ」

岡崎がハーフアップの女に頼んだ。

「いいけど、男ふたりで『ほいさっさごっこ』はしないでね」

ハーフアップの女が、笑いながら言う。

「やめてくれ、気持ち悪くなった」

ウラジーミルがマジに蒼《あお》ざめた顔になった。

「あら、ごめんなさい。部屋にはウォッカとキャビアが置いてあります。口直しにどうぞ」

女が扉を閉めて出ていった。

「やはり日本のキャバクラは楽しい。女性たちの会話のセンスが抜群だ」

ウラジーミルがしみじみという。女が消えて寂しげだ。スパイのくせに本音が顔に出るタイプだ。

ウォッカのボトルからショットグラスに自分で注いでいる。この男、先ほどまで飲んでいたジャパニーズウイスキーの水割りではまったく酔っていない。

ここから本格的にウォッカを楽しむつもりらしい。

「確かにロシアや西欧には日本のクラブやキャバに匹敵するような店はないな」

一時モスクワに駐在していたことのある岡崎が言った。

「ロシアでは、女が接客サービスをする店というのは、売春が前提と決まっている。欧米ではたいがいそうだろう。なのに日本では六十分で一万円以上も払う店が、おしゃべりだけだ。そりゃ世界中の女が出稼ぎにやって来るというものだ」

「芸者文化の延長にある。日本では大昔から接待の場には芸者がついた。芸者から踊りと歌を取ったのが、クラブホステスやキャバ嬢だ。トークという芸を売りにしている」

「あぁ、慣れると嵌《はま》る。自分の金でこようとは思わないがね」

「日本は接待文化の国でもある。こうした遊び場に来る人間の大多数が自分の金は使っていない。企業の接待交際費という金を活用している」

「あんたもそれを使っているのか?」

「それは国家機密だ。血税で接待はできない」

建前を伝えた。

「岡崎の自費ってわけでもないだろう」

ウラジーミルの真っ白な顔がウォッカでほんのり赤く染まっていた。

「ここの勘定は、情報提供料として計上する」

岡崎は、ロシア人に鋭い視線を向けた。

「和僑マフィアが各国のスポーツ界に食い込んでいる。それでいいか？」

ウラジーミルが、ウォッカを呷《あお》った。尊大な態度だ。

岡崎は、ボトルを手に取りグラスに注ぎ足した。

「そんなことはわかっている。聞きたいのは、どうやって食い込んだかだ」

最初のいきさつを知れば、おのずとその展開が見えてくる。

殺人事案容疑者の動機を探るのと、それは似ている。

「ただ女と会話させてもらっただけで、岡崎さん、それは情報の取り過ぎじゃないか？　こっちにもそれ相応のメリットのある情報は貰《もら》えるのかね？」

ウラジーミルの片眉が吊り上がった。

「あんたからの情報をもとに俺たちは動くが、ロシアにもそれ相応の情報が入る。

それでどうだ。中国のスポーツ利権の拡大を一番嫌っているのは、日本、アメリカよりも、あんたの国だろう。サッカーのワールドカップ、出場もしていないのに、競技場の広告は中国企業だらけだ。ロシアも舐《な》められたもんだよなぁ。オリンピックもきついしな」

岡崎は乱暴に言った。

ウラジーミルの眼が光った。ウォッカを飲む。

「あんまり飲まない方がいい。キャバクラでもドーピングを取られるぞ」

岡崎は、ジョークをかましてやった。

「我が国は、国家単位のドーピングなんかしていない」

ウラジーミルが語気を強めた。

「認めてなくても、結果はドーピング事件多発以来、オリンピックから仲間外れにされているじゃないか」

「ひとつのいじめだ」

ウラジーミルがボソッと言った。

「ロシアが愚痴をこぼしてどうする」

岡崎は、クラッカーにキャビアを盛った。ウラジーミルに差し出す。ウラジーミルは齧《かじ》りながら、しばらく虚空《こくう》を睨んだ。

重そうな口を開いた。

「和僑マフィアは日本人のヤクザだが、基本は中国諜報機関の手先だと考えていい」

これも想定内の情報だ。

「だったら、なおさらロシアだって、中国の日本での動きを知りたいだろう」

岡崎もキャビアを載せたクラッカーを齧った。

「俺自身にも得になる情報をくれないか」

ウラジーミルはここにきて粘り腰を見せた。

「今後得た情報は、必ず渡す。だが、いま現在、強い情報は持っていない。本当に個人的な情報でいいか」

岡崎は、時計を見た。あまり里美を待たせたくない。

「かまわん。仕事柄、何か得なことがなければ、情報を渡す気にはなれない。俺たちにとって、情報はゴールドやダイヤモンドと同じなんだ」

理解できる例えだ。岡崎は、ここが餌の出しどころだと判断した。ウラジーミルの耳に口を近付け囁《ささや》いた。

「さっきいたハーフアップの方の女は、口説ける、ほいさっさまでは必ずしてくれるという噂《うわさ》だ。これでどうだ。トップシークレットだぜ」

「最高の情報だ。涼子と言っていた方だな」

「そうだ。篠田涼子。先週までは歌舞伎町のキャバで働いていた女だ」

「ほいさっさ、ＯＫか」

「交渉次第だ」

「高いのか？」

ウラジーミルの眼が輝いていた。

「娼婦《しょうふ》じゃない。金はとらない。むしろ金の話をしたら嫌われる。要は白人好きな女だ」

「ハニートラップじゃないだろうね」

ウラジーミルが眼を細めた。

「諜報協力《コリント》の相手をトラップにかけてどうするんだよ。そんなリスキーなことはやらないよ」

「だよなぁ」

ウラジーミルは脳みそが溶けたような顔を見せた。いまこの男の頭の中にあるのは涼子のエビスとほいさっさの光景だけだろう。

「知っていることを教えてくれ。聞いたら、すぐに彼女を呼んで、俺は出ていく。後は、諜報員の沽券《こけん》にかけて口説け。ただしホテル代までは負担できない」

言って岡崎は腕を組んだ。

ウラジーミルが早口のロシア語で語り始めた。盗聴防止のためなのか、早くしゃぶってもらいたいためなのか、そこは、わからない。

「東京オリンピック誘致に際して、和僑マフィアが影響力を行使できる国の票の取りまとめを請け負った」

「取りまとめ？　どこかが指示をだしたということか？」

「それは、あんたの国の上層部だ。知りたいのはこっちだ」

「影響力を行使した国とは？」

「アフリカ、中南米、カリブ海の島嶼《とうしょ》国の発展途上国だ。つまり中国が莫大《ばくだい》な援助をしている国々だ」

「中国が、和僑マフィアを通じて力を貸してくれたということか？」

岡崎は首を捻った。

「中国が力を貸してくれたわけじゃない。和僑マフィア、はっきり言えば『爆風会』が日本に橋頭堡《きょうとうほ》を築くために、日本の政界の誰かに恩を売ったということだ」

だとしたら、とんでもなくややこしい捜査になる。

「中国が黙認するとは思えない」

岡崎は、問い詰めた。適当な情報を摑《つか》まされたのではかなわない。

ウラジーミルが首を横に振った。

「和僑マフィアは、和という名がついているが、日本を捨てて出ていった時点で、日本人ヤクザではない。華僑マフィアやユダヤマフィアと同じで、帰属する国を持たないボーダレスマフィアだ。岡崎、あんたは、そのことをきっちり頭に叩き込んでおいたほうがいい」

ウラジーミルが碧《あお》い眼に力を込めた。

爆風会が捲土重来《けんどちょうらい》を果たすために日本のヤクザの利権を奪いにきたと見立てていたが、それは少し違うのかもしれない。

真木課長はそこに気づいているのだろうか。

たぶん気づいている。

だからこそ、この事案、警察庁《サッチョウ》直轄の事案になったのだ。

「爆風会と上海交易との関係はわかるか？」

視点を変えて聞いてみた。上海交易とは、一企業のカバーを被《かぶ》った情報機関だ。雑貨から重機まで扱う商社を装っている。ウラジーミルが天井を見上げた。

「そこまで、俺に言わせるのか?」

「間もなく、ほいさっさの時間だ」

その一言に、ウラジーミルが生唾を飲んだ。

「上海の同僚の見立てでは、爆風会は手先ではない。上海交易にも顧客として扱われている」

「顧客?」

「だからいっただろう。和僑マフィアはボーダレスなんだ。爆風会は上海交易を通じて中国の上層部をも賄賂漬けにしている」

中国上層部を賄賂漬け。

一瞬、岡崎は驚きの目をしてしまったようだ。ウラジーミルが笑った。

「どうだ、これですべてわかるだろう」

特上の情報だった。

「民間外交はなにも表社会だけじゃないということだな。アンダーグラウンドの世界でも外交交渉の手段はあると。読めてきたよ」

岡崎はひとりごとのように言ったが、ウラジーミルは答えなかった。

「もう何も聞かない。ほいさっさでも何でも楽しんでくれ」

岡崎は立ち上がった。ちょうど三十分経ったところだった。扉がノックされ、返事をすると篠田涼子が入ってきた。ハーフアップに結わいでいた髪をポニーテールにしてきている。

まじで頭を振るつもりでいるのか？

岡崎は、胸底で驚きの声を上げた。

一年ぶりに自己申請で転属願いを出してきただけのことはある。現在はまだ新宿七分署の生活安全課の立場だが、志願して潜入捜査に入ってきた女だ。

たぶん、的場と金子の弔い合戦をしたいのだろう。

「俺は先に帰るが、ウラジーミルはまだ飲みたいそうだ」

岡崎は、涼子に声をかけ、Ｖルームを出た。

5

「バルチック艦隊の巨砲ですね」

篠田涼子は、Vルームに入るとウラジーミルの前に跪《ひざまず》き、ファスナーを開け、取り出したばかりの肉茎に舌を這わせた。

「そんなことをして、情報を得ようなんて思わないほうがいいぞ。俺はそれほど間抜けじゃない」

狙いを定める戦艦の主砲のように、ウラジーミルの肉茎が左右に揺れた。

「わかっていますよ。どうせ私が岡崎さんの手先だと思っているのでしょう」

涼子は、ソフトクリームを舐めるように舌を、下から上へと上げた。張り出した鰓《えら》から亀頭の尖端に向けて舐める。

「んんっ、ふはっ」

裏側の三角地帯をしつこく舐めてやる。

「はうぅう」

ウラジーミルの太腿がぷるぷると震えた。根元からてっぺんまで、カチンコチンに硬直している。

「ドーピングしていませんか？」

涼子は聞いた。

「わかるか？」

「この硬さ、疑わずにはいられません」

ＥＤ治療薬を服用していることは確実だ。顔をあげて笑って見せる。

「女が香水を振りまくようなものだ。服用は男の嗜《たしな》みだ」

しゃらくさいことを言う。

「ルール違反ではありませんから」

涼子はふたたび、顔を下ろし、ウラジーミルの陰茎を口に含んだ。根元をしっかり握りながら顔を上下にスライドする。

ウラジーミルの手が伸びて来た。ドレスの上からバストを触られる。ごつごつした手だが、揉み方は丁寧だ。

「口はもういい。そんなにやられたら、漏れてしまう」

「一回ぐらい射精しても、持続力はあるでしょう。ドーピングしているんですから」

「ドーピング、ドーピングというな。ロシア人の俺としてはナーバスな問題だ」

「やっちゃったんだからしょうがないでしょう。国ぐるみで」

涼子はフェラチオをやめ、ドレスの裾を捲《めく》り、ウラジーミルの膝の上に跨《また》がった。

肉槍の突端がちょうど臍《へそ》のあたりにくっつく。

このポーズ。歌舞伎町のピンクサロンの淫場に何度か踏み込んだ時に見た格好だ。上からドレスで接合点を隠しているので、証拠が押さえにくい。一枚ずつ捲《めく》って確認している間に女たちは抜いてしまう。「動くなっ」と言っても所詮無理な話だ。

「だから国ぐるみではない。一部の不心得者が、メダル欲しさにやってしまったことは認めるがね。どこの国にだって、軽挙妄動《けいきょもうどう》をするやつはいる」

ロシアはようやく昨年の二月に東京オリンピックへの全面参加の道が開けばかりだ。国際オリンピック協会が、平昌冬季オリンピック後にロシアの出場停止処分を解除したからだ。

「世界反ドーピング機構も処分解除へと舵を切ったんだ。我が国は、堂々と東京に選手団を送り込むさ」

「ロシアが正式参加すると、メダル争いが熾烈になるわね。でも陸上連盟はまだ難色を示しているんじゃなかったかしら？」

涼子は、股間に挟んだ肉槍を握った。ウラジーミルの逸物は硬直している上に高熱を発していた。

軽く摩擦する。

「ＩＯＣがゴーサインを出しているんだ。国際陸連も折れるさ」

「ただいま、アフリカおよび発展途上国に運動中ということかしら？」

「だから、そういう情報はいくら擦られてもやらんよ。俺たちは、ハニートラップに対しても訓練を積んでいるんだ。たやすく陥《おちい》ることはない」

ぬっと、ウラジーミルの手が涼子の股間に伸びてきた。太い親指が肉芽を捕える。

「あぁあっ」

「岡崎に、何を聞き出せと言われた？」

「なにも」

「嘘をつけっ」

肉芽をグイっと押された。指圧の力が凄い。女の小さな尖りが平らにされてしまった。このまま押し続けられたら、悶絶死させられる。

「あうっ」

「吐けっ」

ウラジーミルが、親指を連続して押し付けてきた。肉芽が土手の中に陥没しそうだ。

「彼が、何を得たいのか、私は知らない。ただ、ロシアが日本にしてもらいたいことを聞けたら聞いておけと。きっと、借りを返したいんだわ」

そうぶつけてみた。

ウラジーミルの親指の圧迫が止まった。

「ふぅう」

もう、ぐったりだ。

「岡崎に言っておけよ。ロシアはアメリカ以上に中国の大国化を快く思っていないとな。それがすべてだ」

「仲がいいように見えますけど」

涼子は、亀頭を手のひらでくるみ、やわやわと撫でた。

「国境を接している同士の方が実は脅威だ。あいつらの紅い兵隊が、こっちに向かってこないとも限らない。国際政治は、いつだって敵の敵は味方さ」

「つまり御国は、当面日本の味方だと」

「そういうことだ。アメリカとだって七十年以上、お互い敵役《かたきやく》を演じているだけだ。露米は、いつも出来レースをしているんだ。お互い、昨日や今日、大国になったわけじゃない」

「彼にはそう報告しておきます。御国は日本の味方だと」

それ以上聞き出すのは無理のようだ。

「それがわかったら、もう用はないんだろう」

ウラジーミルが、棹をしまおうとした。

「そんな無粋な真似はいたしません。ちゃんと挿入したいと思います」

涼子は、尻を持ち上げた肉槍の射入角度を合せた。

せっかくだから、言葉だけでもより気分を良くさせてあげよう。

「私、実をいうとバージンなんです」

真顔で言ってみた。

ウラジーミルが呆気にとられた顔をした。

「まさか」

「本当です。岡崎さんが知らないだけです。彼とはそういう関係ではありませんから」

「ほんとかよ」

そんなわけないでしょう。という言葉は飲み込んだ。

「ただし、自分の指を容《い》れたことがあります。ですから厳密な意味ではバージンではないと言えばそれまでです。ですが、実際、男のこれを容れたことはありません」

ウラジーミルの眼が一気に輝いた。ただのエクスキューズだ。赤い印は出るわけがない。代わりに思いっきり粘り気のあるとろ蜜が出る。下手をすれば、潮を吹き上げてしまうかもしれない。それは何とか堪えたい。

「それは、立派な処女だ」

ウラジーミルが声を震わせた。

「あなたに、差し上げます。でも、私の手順で」

双眸に力を込めていった。

ウラジーミルは無言だった。夢見る眼をしている。亀頭が「うん」と首を振った。

「ちょっときついかもしれませんが容れます」

あえて淫壺の口を締めて、ゆっくり尻を落とした。

「んんんっ、おっきい」

これは真実だ。いままで容れた、どの肉棹よりもでかい。亀頭の部分がようやく入って来た。

「初めてだからそう感じるのかもな。うっ、膣の圧迫が凄い」

ウラジーミルがきつく口を結んだ。違う、圧迫なんてしていない。男根の方が大きすぎるのだ。処女だと言っておいてちょうどよかった。こんな逸物、あっさり入るわけがない。

「はうっ」

涼子は顔をくしゃくしゃにした。

おそるおそる尻を沈ませ、巨根を飲み込んでいく。真ん中らへんまで尖りが入ったときだ。

「んがぁ、俺、もう我慢できない。すまない」

ウラジーミルが突き上げてきた。それずるい。

「あぁあああああ」

涼子は、両手両足を振り回して、暴れた。

激痛と歓喜が両方一緒にやって来た。

未体験の巨根挿入は、第二の処女喪失に近い。

「あ～、いま処女膜破れました」

涙目になりながら、そういうと、ウラジーミルが、調子に乗って打ち込んで来たズドンズドンと、全力挿入だ。まんこが拡大されていく。

「いやっ、そんなに拡げないでっ」

「最初の第一歩だ。俺の、チンポの形をしっかり記憶させておきたい」

月面着陸じゃないんだから、そんなことしなくてもいい。

ずんちゅ、ぬんちゃ。すこしずつ肉が馴染みだすと、ウラジーミルはさまざまな角度に打ち込んできた。

口には出せないが「とても上手」だ。

「涼子。いいね、狭くていいね」

あんたの逸物が入ったら、誰でも狭いわ。という言葉も飲み込んだ。処女だなんていうんじゃなかった。「最高っ」って叫んで、こっちも思い切りお尻が振れたほうがよかったわ。

などと反省している間に、めくるめく絶頂がやって来た。

「わっ、わわわわわっ。いっちゃう、いっちゃう」

もう、ばれちゃたかも知れない。

そのまま涼子は、明け方まで、狂乱することになった。これは、なかなかいい任務だ。

6

里美は長年、六本木のランドマークだったロアビルを見あげた。モデル時代はよくこのビルのクラブに遊びにきたものだ。

もうじき消えてなくなると思うとやはり寂しい。

通りに面したロアビルの階段を上がってみた。高校生の頃にここに座って友達と語り合ったのが懐かしい。里美は、自分は都会《まち》の子だったと自負している。

普通のサラリーマンの娘だが、実家は乃木坂《のぎざか》。

だから小学生のころから六本木、青山、赤坂《あかさか》を歩いている。

いま警察官になって、それを言うと同僚たちには「次元が違い過ぎる」と言われるが、中学まで地元の区立だ。高校は鳥居坂《とりいざか》にある私立女子高だ。歩いて通っていた。片道二十分はかかったので、よくこのロアビルの階段で休憩したのだ。

制服を着たままの女子三人ぐらいで、よく喋り合ったものだ。

モデル事務所にスカウトされたのも、そんなときだった。

無性に懐かしくなった。

近々、ここがなくなると思うと、久しぶりに座ってみたくなった。岡崎は接待中だ。すぐに出てくるとは限らない。

里美は階段に腰を降ろした。

目の前を大勢の人が行き交っている。

自分が子供の頃から六本木は外国人の多い町だったが、さすがにいまほどではなかった。

いまはニューヨークばりに人種の坩堝《るつぼ》だ。

「こんばんは」

下方から声がした。

一瞬、誰が話しかけてきているのか、わからなかった。

目を凝らすと黒人がこちらを見上げていた。細身の黒人だった。

黒のレザージャケットとブラックジーンズ。

首に太い金のネックレスを付けていた。

クラブの呼び込みかキャバクラのスカウト、そんな身なりだ。ただし小顔で整った顔をしている。

「ごめんね。あんたの店に行く気はないわ」

「店じゃないんだよ」

今度は背中から声がした。

振り向くと、前にいる黒人よりはるかに巨漢の黒人が立っていた。黒のダブルのスーツ。見るからにギャングだ。その男にいきなり肩を摑まれる。

「いきなり拉致る気。四方八方に防犯カメラがあるのよ。すぐに足がつくわ」

「今夜中にこの国を出てしまえば、警視庁もそうそう追いかけてこれないだろう。いかに優秀な日本の警察も他国には捜査権がないんだ。せいぜい国際刑事警察機構《インターポール》に手配依頼をするしかない。手間暇かけている間に、ユーは我々の国で働いてもらう」

「どこの国よ」

「それは着くのを楽しみにすることだな」

言っている間に、目の前に銀色のアルファードが横付けになった。

里美は時計のリューズを押した。

緊急コール。

同時にこの時計の中心がレンズに変わる。音声も含めて桜田門で待機している小栗に送られるのだ。

とりあえずは叫んでみた。

「いやぁあああああああ。助けてぇええええ」

すぐに、背後の男にグローブのような手で口を押さえられた。

「うっ」

何かを手のひらに塗ってある。これは想定外だ。必死で口を閉じた。唇にぬるぬるしたゼリー状のものが塗りこまれる。

口を塞がれたまま、ふたりの黒人に抱え込まれ、アルファードの後部シートへと押し込まれた。後部席の左右のサイドウインドウにはカーテンが引かれていた。

「いやっ」

シートに横倒しにされたまま鼻を摘《つ》まれた。五秒で息苦しくなる。小栗は何をやっている。すでに車種もナンバーも把握しているはずだ。

早くパトカーを回して欲しい。

「あうっ」

口を開いてしまった。舌にゼリーのようなものを塗られた。

何だこれ？

思った途端に、身体が冷えてきた。寒い。麻酔薬だ。そして眠い。眠ったらやられると思った。里美は必死で目を開けた。

落ちるのは時間の問題だとわかっている。

だが、ぎりぎりまでは耐えたい。

この男たちにむざむざ犯されるのももちろん嫌だが、それ以上に恥を晒《さら》したくない。

助かる自信があるからだ。

救出されたときに仲間に醜態を晒したくないという思いが、里美の根底にはあった。

小栗に挿入状態を見られるのも嫌だしね。

潜入捜査を前提としている性安課の追跡及び捜査員奪還の手立ては抜群だ。だいたい課長の真木洋子は捜査そのものの方法を派手にしたがる癖がある。

どんな手立てで救出が図られるかわからない。

とにかくギリギリまで記憶とパンツはキープしたい。

アルファードはロアビルの前を出ると直進した。六本木の交差点を渡り、乃木坂に向かった。ドライバーは別にいた。やはり黒人だが、顔はハッキリ見えない。

車は立体交差を乃木坂通りへと降りた。

胸底で「実家はいや」と叫んでしまった。

叫びが通じたのか、アルファードは青山方面へと曲がった。

フロントガラスの暗がりの中に青山墓地が見えてきた。

乃木坂っ子にとっては花見のスポットだ。

ただし、それにはまだ全然早い。

桜吹雪《さくらふぶき》よりも、ほんものの雪が降ってきそうな日々が続いている。

「船の手配は、大丈夫だろうな」

ハンサムな黒人がフランス語で言っている。電話らしい。喋れないが多少は聞ける。

「OK。公海上で乗り継げばいいさ」

少しずつ瞼《まぶた》が重くなってきた。どこの港に連れていかれるんだ？

そんなことを言っている。

巨漢の黒人が里美の身体に触れだした。オーバーコートの上から尻を撫《な》で回してくる。

ビクンと震えた。快感ではない。嫌悪感だ。

「まだ、意識があるようだな」

今度は英語だ。

「意識のない女は触ってもつまらない」

ハンサムなほうの黒人が言った。

バストを撫で回してきた。ハンサムな方だからと言って感じるわけではない。だがこっちの男の方がタッチがソフト。

ゆっくり手のひらを回転させるように撫でてくる。

「あんっ」

はしたない声を漏らした。

左右に青山墓地が広がっている。

「感じてやがる」

小バカにしたような言い方だ。

頭にくるが、ちょうど乳首の辺りを揉《も》む感じが絶妙なのだ。

もうそろそろパトカーが来てくれてもいいのではないか。ロアビルの前で拉致されてもう五分以上経過している。

遅いぞ小栗！

オーバーコートの前ボタンが外され、スカートが捲られた。一気に胸の鼓動が早まってきた。

小栗に下着を見せたくない。今夜は寒いし、さしあたり下着を見せる予定ではなかったので、かなり幅の広いパンティを穿《は》いているからだ。

「あぁあ、スカートは捲らないで。手を入れてもいいから」

英語で言った。眠くなってきている。

7

「里美ちゃん。結構、地味な形のパンツ穿いているわねぇ。黒パンストにタータンチェックのボクサー型って、なんか取り合わせが悪くない？」

小栗順平の背中で、上原亜矢の声がした。

「派手とか地味とか俺にはわかんねぇよ。ああいうのもお洒落《しゃれ》っていうんじゃないのか？」

小栗は液晶画面を覗《のぞ》いたまま言った。

亜矢の横に、新垣唯子も一緒にいた。めんどくさい女がふたり揃《そろ》って課にのこっているというわけだ。

その唯子が言う。

「小栗さん、里美はいつも、もっと狭いのを穿いているんですよ。すっきり切れ上がって、前が紐《ひも》みたいになっているやつ」

俺にそれを伝えて、どう反応しろというのだ。

「そろそろ、救出作戦にでるけど、アルファードの所有者はまだわからないのかよ」

とりあえず、車をクラッシュする前に、知っておきたかった。

亜矢が別なパソコンの前に進んだ。

「交通課から返事が来たわ……」

亜矢が叫ぶ。

「どこの車だ？」

「『ダカール観光』。六本木でアフリカンバーをやっている会社ね」

キーボードを叩きながら言っている。

「わかりやすすぎだわ。それって六本木で勢力伸ばしているアフリカンマフィアの溜《た》まり場じゃん」

唯子が小栗の机の角に股間を押し付けながら言っている。腰をカクカク振っている。

「擦《こす》るなっ」

「いや、もうあの黒人の手が、里美ちゃんのパンティの中にはいっちゃているから」

唯子が甘ったるい声を上げる。

任務の性格上、性安課は性に関してはあけっぴろげな連中ばかりだが、特に唯子はやたらと角に股を押し付けたがる。

小栗は声を荒げた。

「擦っている暇があったら、課長や松重さんにアフリカンマフィアが里美を攫《さら》ったと報告を入れろよ。岡崎さんもドン・キホーテの前で、ポカーンと口を開けて里美のこと待っているぞ」

「はい、連絡します。でも小栗さん、里美ちゃんがパンツ脱がされたら、教えてくださいね」

「なんでだよ」

「だって見たいじゃないですか。里美ちゃんのアソコ」

「おまえら仲間じゃないのか？」

小栗は眉間に皺《しわ》を寄せた。

「仲間だから見たいんですよ」

よくわからない感覚だ。

唯子は、三人に一斉メールを送信した。

小栗は、アルファードから里美を救出する段取りを組み始めた。

性安課の捜査内容を所轄に知らせるわけにはいかない。警察力でない方法で救出するしかない。

「体当たりするしかないよなぁ」

小栗は、画面を見ながら。スマホのアドレスを開いた。

現場が六本木なので山手《やまて》連合を使うことにした。

六本木を本拠地にしている半グレ集団だ。二年前、駐車中の車にスクーターでデリヘルを運ぶ新手の売春企画を考案し勢力を広げ、なおかつ覚醒剤の成分の入ったコスメを密売していたところを、性安課が叩きつぶした。当時は六本木九分署にわざわざ移動しての捜査だった。

代表だった押尾貴久《おしおたかひさ》は現在服役中である。逮捕の直前、真木課長に挿入した男だ。

十年は出てこられない。

新たに、湯田淳一《ゆだじゅんいち》という男が代表に就いた。穏健派だった。

湯田は警察の協力団体になると誓約書を交わした。もちろんそんなことは公表していないが、そのため山手連合は解散せずに現在は、非公式治安部隊として活動している。シノギの方法としてデリヘルだけは認めている。

『悪党には悪党をぶつけるに限る』

元マル暴の松重の提案でそうなった。全国二十九万人だけの警察官で、人口一億二千万人のこの国の治安を守るのは不可能だというのが、松重の発想だ。

湯田に協力を依頼しよう。

「うわっ」

小栗は、画面を見ながら思わず、小さく叫んだ。

石黒里美の幅広いパンティが、黒パンストごと、ずるずると引き下ろされたのだ。つるんと白い尻が現れて、その中心から紅い秘裂が覗いた。

「ピンクっ」

唯子には教えず、しかし自分だけはその秘裂を食い入るように見つめながらスマホで湯田のアドレスを探した。タップする指が興奮して震える。

そういえば、六本木での事案の時はまだ里美はメンバーではなかった。里美がチーム真木に転属したのは横浜の事案後だ。

「やや」

里美の秘裂に黒い指がズブズブと入っていくではないか。大急ぎでスマホをタップした。

「ご苦労さまですっ」

相手が出た。野太い声だ。湯田淳一だ。

「真木の代理だ」

小栗は、虎《とら》の威《い》を借りた。

「へいっ」

湯田が直立して電話を耳に当てている姿を想像する。真木の前ではいつもそうだからだ。

「乃木坂通りで、煽《あお》り運転をしているアルファードがいる。制止して欲しい。真木課長から伝えるように言われている」

「速攻、片付けます」

真木の命令は、山手連合では天の声と言われている。なんといっても、前代表とやっちゃった女なのだ。いわば姐《あね》さんとなる。

「中にいる女を拾ってくれればいい。男はボコってGPS付きで逃がせ」

「畏まりっ」

電話は切れた。

8

「あぁっ、いやっ。そんなに掻き回さないで」

英語ではうまく表現できなかったので、里美は日本語で訴えた。

黒人の太い指がなんとも気持ちよく、腰をがくがくと揺らしてしまっている。こんな超感じちゃっているところを、桜田門で見られていると思うと、とてつもない恥ずかしさに覆われて、さらに感じてしまう。

もはや、麻酔で記憶を失《な》くしてしまったほうが、マシというものだ。

ハンサムな黒人は、里美の蜜壺に入れた人差し指をヘリコプターの羽根のようにクルンクルンと回転させている。この男の人差し指は、普通の日本人の親指ぐらいある。ピストンされたら、たぶん五秒で昇天する。

「うぅうう」

膣壁《ちつへき》がだんだん軟らかくなってきた。とろ蜜も増してくる。

「クリトリスが、大きくなっているじゃないか」

巨漢の男が言いながら、秘裂の合わせ目を覗き込んでくる。

「ドンゴ、ちゃんとクスリは舐めさせたのか？　この女、なかなか落ちない」

巨漢の男はドンゴというらしい。

クスリが効かないのは、徐々に快楽を求める気持ちの方が強くなっているせいもある。

「量が足りなかったのかもしれない。わかった、もっと舐めさせてやる。アンリ、たっぷり濡らしてやってくれ」

ハンサムな方はアンリということがわかった。フランス的な名前だ。セネガル人か？

里美は膣壺を掻きまわされ、喘ぎ声をあげながらも、セネガル人がなぜ自分を拉致したのだろうかと考えた。

すぐには思い浮かばない。

と、目の前で巨漢のドンゴが黒のスーツパンツのファスナーを開け、もぞもぞと逸物《いちもつ》を取り出した。初めて見る黒の肉茎。

それはまさに鯰《なまず》の様相をしていた。太い亀頭はいかにも兇暴《きょうぼう》そうな顔をしている。

ドンゴはポケットの中から、透明ビニールの小袋をだした。コンビニ弁当に入った醤油《しょうゆ》の小袋のようなものだ。ビリっと破るとゼリー状の液体が垂れてきた。

そいつを亀頭に塗り込んだ。

「さぁ、舐めろよ」

鼻を摘ままれ、唇の間に割り込まされた。

「うぅ」

抵抗するが、すぐに息が詰まる。

「あぁあぁっ」

このタイミングで膣壺に挿しこまれていたアンリの太い指が、とうとう抽送をはじめたのだ。

「いや〜ん。いっちゃう」

里美は大きく口を開けた。

もうどうでもよくなっていた。なによりも、昇天してしまいたかった。小栗がこの場面を見ていると承知しながらも、自分から腰を打ち返し始めていた。

開いた口に鯰が突入してきた。

「んんんっ」

一気に喉奥まで届いてきた。ゼリーがあってかえって良かったかもしれない。痛くない。

それよりも、それよりも、指が気持ちがいい。

「んぐっ、ふぐっ」

いくっ、と言ったつもりだが、舌の上に巨大な肉茎を置かれていたので、言葉にならなかった。

もう、いきたくて、いきたくてしょうがなくなっていた。

里美は、腰をかっくんかっくんと打ち返した。複雑な快感に顔を歪《ゆが》ませる。いきそうだ。

「あぁあああああああ」

里美は尻を盛大に振った。K－POPのダンサーのように激しく上下させたりもする。いく、まじにいくっ。高まった瞬間だった。

「！」

突然、何かが車に当たる音がした。

運転手の黒人が叫び声を上げた。

えっ、ここで来ますかパトカー。ここまで焦《じ》らしておいて、いきそうになる瞬間に来ますか？

「ふぉっと、ふぁって」

もっとやってと言ったつもりだったが、アンリの指がぬるりと抜けた。

いやっ。

圧迫を失った淫壺は、まだ口を開いたままだ。口と違って、ゆっくり閉じる習性がある。

ガツン。再び車が揺れた。助手席のサイドウインドウに強い衝撃が走り、ガラスにクモの巣が走った。

「ワキョウか？」

ドンゴがさけんで、里美の口から肉茎を抜いた。口も寂しくなる。

口も淫壺も、むりやり入れられるときには抵抗があるが、達成感のないままに引き抜かれると、それはそれで苛立《いらだ》ちを覚える。

待ち合わせをすっぽかされたような苛立ちだ。

この先どうすればいい？

もやもやしたままじゃないか。

ひとりで擦れってか？

「やばいっ。バイクに囲まれている」

運転手がルームミラーと左右のサイドミラーを交互に見ながら、ブレーキングをしだした。

斜め前方にジャズクラブ『ブルーノート東京』の看板が見えた。

ドンゴがあわてて肉茎をしまい、カーテンを開けた。反対側をアンリが開ける。

女を後部シートに乗せたベスパの集団がアルファードを取り囲んでいた。二十台はいる。スクーターのボディに「桃猫ヤマテのバイク便」の文字が見える。

たしかにバイク便だが、あれはデリヘルだ。

なんでパトカーじゃなくてデリヘルなの？

背後に乗った女たちが全員金属バットを握っていた。

いやいや、これはアフリカ人でも怖いだろう。

小栗の仕込みに違いない。パトカーの出動ではなく、協力者を使ったと思われる。

しかしデリヘルを使うとは、やはり性安課は一味違う。里美はこの隙にパンツとパンストを引き上げようとした。だが、指のピストンが止まった瞬間から、猛烈な睡魔が襲ってきた。結果論だが、あの刺激のせいで睡魔は取り払われていたのだ。

なかったら、たぶん、とっくにオチていた。

里美はパンティのゴムに指をかけたまま、眼を閉じてしまった。瞼が重くて開かない。聴覚だけが、辛うじて生きていた。

あぁ眠い。

「止まるな。止まったら、襲いかかられるぞ」

アンリが悲鳴を上げていた。ドンゴは、座席の横でなにかを探していた。そんな音がする。

「しかし、もう前方を塞がれてしまっているんだ。止まるぞ」

運転手の喚《わめ》き声と共に、車が一気に減速した。

「わっ」

つんのめるような感じで停車した。

窓ガラスが割れ、怒号が飛び交った。

セネガル人たちが、引きずり下ろされる音がする。

「黒人のチンコ見たいっ」

「脱がせちゃえ」

「わっ、でっかい」

「みきちゃん、ここで挿入するのはよしなよ」

「やめろっ、俺のパンツを降ろすなっ」

そんな声が聞こえていた。

最後は、ぁああん、という嬌声《きょうせい》に変わった。

あぁ、アンリは私がやりたかったのに……里美は、胸底で嘆いた。

「リーダー。拾うのこの人ですかね」

男の声がした。

「そうだろうよ。女はこの人しかいないんだから」

別な男の声がした。野太い声だ。

「あの、パンストとパンツ脱げちゃってますが、どうしますか?」

手下らしい方が聞いている。

手を煩わせて申し訳ないが、引き上げて欲しい。自力では無理なのだ。

「いやぁ、現状に手を加えたらだめだろう。俺たちは下請けなんだから、言われたことしかしない方がいい」

「ですよね。このまま、運びましょう。リーダー、頭の方、持ってください」

「いやぁ、俺が足の方を持つ。割れ目を見るのは違反じゃない」

「わかりました。交代しましょう」

お願い。パンツだけでも穿かせてちょうだい。このまま警察庁に引き渡さないで。

そう里美は訴えたかったが、すでに瞼同様に口も重く、言葉を発するのは無理だった。

「重てぇ。酔った女と、寝てる女は重いよなぁ」

パンツとパンストを膝頭の辺りにずりおろされたまま、里美は運び出された。

頬と股間に真冬の風があたり冷たかった。

寝てしまうしかない。あとは引き受け手の判断だ。

9

「救出完了！」

液晶画面を見ていた小栗は、里美が山手連合のハマーに乗せられるのを確認して、そう叫んだ。

部屋中で拍手が起こる。

洋子もほっとした。

久保田総務部長と打ち合わせ中だったが、里美が拉致されたと聞いて、あわてて課室に戻ったのだ。課室には里美を除く全員が戻っていた。

岩木乃愛もいる。亜矢が性安課の見学に連れてきたのだ。刺激が強すぎたかもしれない。

「セネガルと和僑マフィアって、ライバルっすか？」

小栗が松重に聞いた。

「そこらへんから調べてないとなぁ」

松重が電子タバコを吸った。蒸気が吐き出された。これも喫煙に含まれるのだが、これぐらいなら、目くじらを立ててもしょうがない。

「スポーツ界の裏取引役としては、ライバルだったと思います」

乃愛が言った。

「岩木さん、その辺の事情、詳しいんだ？」

洋子は聞いた。この子を性安課で保護してしまいたかったのはその辺に精通している刑事を来年までに育成する必要があったからだ。

「はい、私、亜矢さんと唯子さんに勧められて、人生の方向を変えることにしましたから、知っていることをすべて話すことにします。みなさんの仲間にいれてくれますか？」

またまた拍手があがる。

「じゃぁ、夜も遅いけど、捜査会議にしようか」

会議室に入るよう命じた。

里美は帰庁しても、たぶん八時間は寝たままだろう。

放置だ。

「里美さんは、勘違い拉致だったんだと思います」

乃愛が切り出してきた。

「どういうこと？」

洋子は聞いた。

「里美さんは、大きなスポーツイベントを抱えていると噂を流したんですよね」

乃愛が聞き返してきた。

ここまでの事情は亜矢が説明したらしい。

「そう、和僑マフィアを引き付けるためにそうしたんだけど」

「セネガルもその情報はほしかったということです」

「それはどんな利権の奪い合いなのよ」

「東京オリンピックの誘致には双方が動きました」

洋子がもっとも裏を取りたかった部分にいきなり入ってきた。

「待って、総務部長の久保田さんを呼ぶわ」

これは、内閣府対策のためにも、久保田のパイプが必要になりそうだ。いっしょに聞いてもらったほうがいい。

久保田がやって来て、乃愛の説明が始まった。

深い内容だった。

光玉川スポーツ倶楽部の中村史郎は爆風会の大杉蓮太郎のフロントと見て間違いなさそうだ。洋子とて、ここまでは想定していたが、乃愛の証言ではっきり裏が取れた。

「やはり東京オリンピックの誘致に関して、国民の知らないことがたくさんあったようですね。総務部長」

洋子は腕を組んだまま、久保田を見つめた。

「それはあるさ。きれいごとでは国際競争に勝てない。だから一定のところまでは、警察としても眼を瞑《つむ》るべきだ。ただし、これ以上政界への癒着を深めさせたりスポーツ利権に食い込ませては、ならない」

久保田は、毅然《きぜん》とした表情で言った。

「爆風会と政界との繋がりが見えたときは、ためらわずに検挙しますが、どうでしょう」

ここは久保田に直訴するしかない。

「ケースバイケースだ。オリンピックは来年だ。開催前にあまりネガティブな事案を挙げたくない。隠密作戦で頼む」

久保田は長官と総監の顔を想い浮かべているに違いない。

あのふたりが与党のどっちを向いているかによって、状況は変わってくる。正直言えば毎日変わるのだ。

「どっちにしろ、我々の取る作戦は、潜入捜査と囮《おとり》捜査の合わせ技です。囮の舞台装置に少々予算をかけてもいいでしょうか？」

「予算は官房機密費から捻出する。何を企画しようとしている？」

「派手なパーティです」

洋子は笑顔で言った。

「なんか嫌な気がするな。ぼくはこれで失礼するよ」

久保田が退室した。

本当の作戦会議はここからだ。

「ねぇ、小栗君。朝比奈製薬体操クラブを出たエルグランドが江の島の駐車場で接触した相手ってわかった？」

「はい。実はたったいま顔面認証がすみました。ぼくとしたことが手間取ったわけです。うちらの親戚ですが、ややこしい相手です」

「内調かしら？」

「いいえ、陸上自衛隊です」

小栗が澄んだ声で言う。

「なんですって、和僑マフィアと自衛隊員？」

「市ケ谷《いちがや》の情報局もまだ把握していないと思います。名前は吉村貴久《よしむらたかひさ》。三十歳。一等陸曹ですね。射撃の名手です」

「銃器や弾薬の横流しかしら？」

「いや、その形跡はないようです」

「では、どういう付き合いかしら」

「まだわかりませんが、来歴を上げます」

小栗がタブレットをタップし始めた。

「それと、光玉川スポーツ倶楽部の中村史郎と竹内美菜子についても来歴を教えてちょうだい」

「そちらは、ここに纏《まと》めたものをプリントアウトしてきました」

小栗が配った。

「元投資コンサルタントとソープ嬢の組み合わせか。しかもマカオで武術の特訓を受けているとはね」

松重が唸《うな》った。

これではっきりとこのふたりも和僑マフィア爆風会の構成員と認定できる。

「前原朋美は依然不明？」

洋子が確認した。

「ええ、前原朋美、別名月乃うさぎに関してだけは、アンダーグラウンドウェッブにも情報がありません」

「光玉川スポーツ倶楽部の顧客名簿には入れないの？」

「とてつもなく強固なセキュリティが張り巡らされていてどうにもなりませんでした。すべての情報を隠滅《いんめつ》してしまっています。これもまた鮮やかな手口で、復元の余地がありません」

「たぶん、復元できたとしても、前原朋美の情報はなかったかも」

洋子は、ため息交じりに答えた。

この女だけが不明だ。

おそらく光玉川スポーツ倶楽部はもはやもぬけの殻だ。表向きの事業だけを同業者に売却するだろう。

洋子は捜査手順をイメージした。ＮＰＯ法人の『スポーツドネーション』。そこをマトにかけたい。

会議室の固定電話が鳴った。指原茉莉が出た。

「あの、守衛室からです。石黒里美が、お尻だしたまま玄関で寝ているって」

洋子は会議を中断して、みずから引き取りにいくことにした。

第三章　ザ・ギャング・オブ・スポーツ

1

「ホームの強みは、競技場に慣れているだけじゃありません。採点する審査員の工作も開催国が有利になります。買収工作はお任せください。日本にどんどん招待して、セックス絡みの弱味を握ります。それが一番ですから」

中村史郎は、ブランデーグラスを手のひらで回しながら言った。

赤坂の会員制バーだ。今夜はまだカウンターにふたりしかいない。

「いくらかかる？」

朝比奈製薬体操クラブの主任コーチである青木久彦が聞いてきた。

青木の前にはウイスキーのロックグラスが置いてあるだけだ。六十七歳になるいまも健康には気を使っているようで、酒はあまりやらない。

「一億」

中村は一発かました。

「バカをいえ」

「あなたのクラブから金メダリストが何人も出れば、いくらでも元は取れるでしょう。ＣＭ出演料はもちろん、名門クラブとして寄付も集めやすくなる」

「それでもいきなり一億は無理だ。初動工作費に二千万円。外国人審査員の接待はそれで頼む。成功報酬としてなら最終的に一億はあり得る」

「取りあえず、それでお引き受けしましょう。まもなく各国体操連盟の理事や、六年前の票の取りまとめで、お世話になった人たちが東京の準備状況を視察するためにやって来る。我々はここからさまざまな工作を開始するつもりです」

中村はコンサルタントの口調で言った。

自分の仕事はふたつある。

ひとつは朝比奈製薬体操クラブを日本で最も優れたクラブに仕立てあげ、体操界を乗っ取ることだ。

そのためには審査員を男も女も売春漬けにする。金品の授受は一時の薬にしかならない。だが、セックスをした際に撮った写真は生涯つかえる。六年前のオリンピックの誘致合戦でも我々はその部分を担ってきたのだ。日本政府が表立って出来ない工作を請け負ったのだ。もはや日本にはこれを出来るヤクザはいない。

和僑マフィアである爆風会ぐらいだ。

「頼んだ」

青木が背に腹は代えられないとばかりに言った。

「選挙の場合もお手伝いしますよ。オリンピックが終わったら、出馬するんでしょう？」

中村は突っ込んだ。

「その場合は、きみには頼まんよ。きみのやり方では明らかに公職選挙法に抵触する」

青木は頭をふって、目の前のグラスを呷《あお》った。

「いやいや、私が言っているのは、民自党の公認をえるための裏工作活動ですよ。お声だけかかってはいても、具体的な話はまだでしょう？」

政党は選挙が近づくと、まず地盤と看板のありそうな人間には手あたり次第声をかける。

だが、それはたいがいの場合において、他党からの声掛けを阻止するという狙いもある。特に政権党である民自党はその傾向が強い。

「それは、まだ選挙がないからだろう」

本気でそんなふうに思っているのだろうか？

「青木さん、ひょっとしてオリンピック誘致で活躍したのだから民自党に貸しを作ったなどと思っていないでしょうね。喉元過ぎれば、過去の恩などというのは、すぐ忘れられるものですよ。政治家とはそういう生き物です」

保守系の政治家たちはすでにオリンピックの次の利権に向かって走り出している。万博、カジノ、それぞれの議員が利権をめぐりバトルを続けている。

おかげで高級娼婦《しょうふ》の需要も高まっている。

ただし、こちらも普通に寝るだけじゃダメな時代になっている。セレブほど刺激を求める。

「それほど甘いとは思っていないよ。しかし俺にとってはまず東京オリンピックで、実績を残すことだ。そこで朝比奈製薬体操クラブの威光をさらに高めなければならない」

青木は語気を強めた。

体操界の権力闘争で、行き詰まりを感じているのだ。いまのままでは主導権を体育大学系に握られてしまう。

実業団系体育クラブと大学は、各種スポーツにおいて長い間、主導権争いを繰り広げている。

まずは東京オリンピックでその指導力の差を見せつけたいのが青木の本音だろう。審査員対策で、それはある程度解決できる。素人《しろうと》ではわからないような、細かな採点システムは、少なくとも国内では朝比奈製薬体操クラブに有利に運ぶように出来ている。

それはそのときどきに抱えている選手の持ち味によって、採点基準を変えるという手立てを取ってきたからだ。

業界内では「朝比奈裁定」などと揶揄《やゆ》されたりもしている。

青木が体操界でそこまでの政治力を持つようになったのは、中村が爆風会の大杉蓮太郎を紹介してからである。

青木は、その傲慢ぶりから、日本の各名門クラブからボイコットされていた。そういう男だったからこそ、中村は目を付けたのだ。アマチュアスポーツ界に傀儡《かいらい》政権を作ることは大きい。

すでに利権はガチガチに固まっているプロスポーツとは異なり、アマチュアスポーツ界は、アンダーグラウンドの住民からすれば宝の山である。

アメフト、ボクシングも、いまが狙いどころだ。

爆風会が動く隙はいくらでもある。

だが、まずは体操界を裏から操ることだ。青木の権力欲に目をつけて金脈に育てあげてきたが、同時に女性組員の育成にこれほど役立つとは思わなかった。

強い戦闘能力と、セックスの特殊技能。これは爆風会にとっても大きな戦力となった。バク転のおかげだ。

青木は、中村のコンサルティングのもと朝比奈製薬体操クラブの主任コーチとして復帰することに成功した。

以後、ありとあらゆる手段を講じて、ライバルクラブや体育大学の付属高校から、有力選手の引き抜きを行ってきた。そこにも爆風会の影響力が行使されている。

代わりに、朝比奈製薬体操クラブには、落ちこぼれ選手を風俗嬢に仕立てあげることに協力させた。

青木が不愉快そうに言った。

「あんたの力は認めるが、最近は強引すぎる。つい先日も、妙な雰囲気の男たちが乗ったワンボックスカーがうちのクラブの敷地内に入ってきた。甚だ迷惑だ。光玉川スポーツ倶楽部には宣伝用に名前を貸すが、直接ヤクザ者がうちの敷地に入ってくるのは勘弁してほしい」

「咄嗟《とっさ》のことだったので、申し訳ありませんでした。迂闊《うかつ》だったのは重々承知です。ですが、既存の大手任俠団体から監視されている可能性があるこちらの兵隊を、そのままアジトに戻すわけにはいかなかったのです。こちらの居場所を教えることになるだけですから」

「なんてこと言うんだ。うちのクラブが狙われたらどうするんだ」

「そんなことになりませんよ。堅気の大企業の看板が上がっているところに、日本のヤクザは手なんか出しません。その彼らは全国の警察のマル暴から、日常的に監視されているのですから」

中村は堂々と嘘《うそ》をついた。

本音を言えば既存団体のことは全く意識していない。自分たちがこの国を制覇するのは時間の問題だからだ。

確認したかったのは、あのテレビ局と称してやって来た二人組の素性だ。

ふたりがクラブを後にした後、すぐに若いトレーナーに後を追わせた。のんきに居酒屋に入っていやがった。

貰《もら》ったテレビ局の名刺に電話をかけてみると、ちゃんと局が出た。テロップにも名前が出ていた男が応対してくれた。

『確かに、バク転ガールの取材の件で、うちのスタッフがお邪魔させていただいたと思います。お手数をお掛けしまして申し訳ありません』

中村は、すぐに電話を切った。

嘘だ。

テロップに名前の載っているチーフプロデューサーは五十四歳だ。電話の声の主はどう聞いても三十代だった。

もともとバク転ガールの取材なんてうさぎからも聞いていない。しかもあの女は、あれきり姿を消したままなのだ。

何を考えているのかわからない女だった。

大杉からもうさぎについては詳しく聞かされていなかった。

その大杉は、海上に身を隠している。下手《へた》に空港から高飛びをすれば、防犯カメラの解析で必ず行く先がわれてしまう。

いまどき空港から高飛びする人間は素人《しろうと》ぐらいだ。

逃亡者は、公海上にいるのがもっとも安全なのだ。誰も手を出せないエリア。それが公海となる。攻めてくるとしたら海賊ぐらいだ。

それにしてもテレビ局と称してやってきたあのふたりは何者だ？　戦車のようなタクシーが迎えにきたのだ。

警視庁公安部あるいは防衛省情報局。

さらに深読みすれば、ＣＩＡかＳＶＲまで疑いたくなる。

「だったら、うちのクラブが警察に怪しまれるじゃないか」

青木が顔をこわばらせた。

「もし警察に何か聞かれたら、まったく知らないと言ってください。ヤクザが他人さまの敷地を夜のうちだけ借りるのはよくあることで」

適当なことを言った。

逆に警察であればどう出てくるか知りたいので、わざわざあの場所を使わせたのだ。警察なら、都内中の防犯カメラをリレーして探すことが出来る。必ず朝比奈製薬体操クラブに聴取かあるいは内偵を入れてくるはずだ。

「青木さん。それよりも選挙のことは、もっと真剣に考えるべきです。衆議院がはたしてどうなるか微妙です」

「いやぁ、オリンピックが終わるまでは解散しないだろう。冒険する必要はまるでない。それに俺が声をかけてもらっているのは、オリンピック後の参院選だ」

青木が目指しているのは三年後の参議院選挙だと知っている。

二〇二二年の参院選だ。

政治の世界は一寸先が闇だ。そんな先のことなど、誰もわからない。

「甘いですよ、青木さん。七月の参議院選で、もしも民自党が惨敗すれば、一気に流れは変わります。いま青木さんを推してくれている人も、自分の尻に火が付くんです。いろんな想像できないことが起こります。オリンピックを背景に、国民がスポーツに関心があるうちに、自身の知名度を上げておくことですね。相撲《すもう》界から元横綱なんて候補者がないとも限りません。そうなるとスポーツ系の公認枠も危なくなりますよ」

各種スポーツ団体の推薦を得て、東京比例単独の候補者を狙うというのがおそらく青木久彦のスタンスだ。

中村としても、なんとかこの男を議員に出来れば、より大きな利権にありつける。担ぐ神輿《みこし》に、もう少し利口になってもらわなくてはならない。

「青木さん、公認認定にはおそらく三十万人規模の署名と百人以上の党員獲得というハードルがあります。そろそろその手立てを」

「中村っ。俺に説教をするつもりか。そんなことはわかっている。だから、オリンピックでのうちの所属選手の実績が必要なんだ。立派な指導者であることを世間に知らしめなければならない。まったくレスリングや柔道と違って、われわれ体操のコーチは試合中に顔がアップになることもないからな。その辺で知名度に差がつくこともある。俺をマスコミにもっとプロモーションしろ。そのための工作費なら払う」

青木が語気を強めた。

眼に怒気を孕《はら》んでいる。スポーツ界から政界に転ずるものがさらにあれば、自分が弱いということを知っているようだ。

中村は、今後の段取りを思慮しながら、ブランデーを舐《な》めた。

「わかりました。うちの息のかかった『スポーツドネーション』をうまく活用しましょう」

「六年前に寝返りさせた足立陽介に持たせたＮＰＯ法人か」

「そうです。これまではあの上海での一件が、マスコミなどに嗅ぎつけられないように、青木さんとスポーツドネーションを結びつけるのはやめていたのですが、もう、いいでしょう。岩木乃愛ももう処分しますよ」

逃亡されたとは知らせてはいない。青木には、梶が谷で拉致し、監禁してあると伝えてある。

「NPOで何をしろと」

「体操界にとどまらず、新たな競技の旗振り役というのがいいと思います。それも政治家の先生と一緒になってその競技の育ての親になるというのはどうでしょう。マスコミに注目させやすいです」

「具体的な競技はあるのか？」

「たとえば『走り三段宙返り』です。体操と陸上をミックスさせる競技にするんです」

かねがね大杉と打ちあわせていた案を、ぶつけてみた。

果たして青木は、口をあんぐりと開けて、押し黙った。むりもない。想像しただけでややこしい競技である。

中村としては、出来るだけマスコミ受けのする見栄えのいい競技がよいのだ。金が集まりやすい。

「それは陸上競技なのかね、体操競技なのかね？」

当然の質問が戻ってきた。

「フィールド競技として考えています。着地は砂の上です」

「計測するのか」

「はい、走り幅跳びと同じとします」

「三段跳びの空中バージョンか」

「そうなります」

「ばかばかしいが面白いと思う」

青木は頷《うなず》いた。スポーツの話となれば、やはり表情が変わる。目も輝くのだ。この辺が自分とは違うと、中村は思った。

こちらとしては金になりそうだというだけだ。

「まだそれをやる選手はいないんだな」

「おりません。これは体操界の指導者がいなければ進まないかと」

中村はダメ押しをした。

「わかった。引き受ける。うちから、本格体操では目のでないような選手をそっちにまわそう。光玉川スポーツ倶楽部でもその競技に向いている人材がいたら、紹介してくれ」

「わかりました。これで青木さんのことをもっと売り出せます」

ここでふたりは、ウイスキーグラスとブランデーグラスをカチンと合わせて乾杯した。

ふたつの違うものを組み合わせて、あらたな企画をたてるのは、新手の詐欺を構築するのに似ている。

中村は久しぶりに大きな舞台が揃《そろ》っていく手ごたえを感じていた。

「では、私はこれから、さっそくこの案件を永田町《ながたちょう》に根回しに行ってきますから、失礼します。また審査員対策は、来月アジアを回ってきますので、よろしくお願いします」

「わかった。明日にでも、スイスの口座に振り込んでおく」

中村は深々と頭を下げてバーを出た。

2

バーを出ると中村はタクシーを拾い、紀尾井町へと向かった。ホテルニューオータニだ。

メインバー『カプリ』で政治家と待ち合わせていた。

バーの入り口で、ウエイターへ名前を告げると、すぐに個室へと案内された。壁にずらりと並ぶ個室はそこそこ混んでいた。

「先生、お待たせして申し訳ありませんでした」

「おお。一週間ぶりだな。進捗はしたか」

民自党の長老上津正二郎《かみつしょうじろう》が、葉巻の煙をくゆらせていた。七十歳とはいえ恰幅《かっぷく》のいい男だ。ダブルの背広が妙に似合っている。

「はい。どうにか青木を丸め込んできました」

「では、来週にでも金は出来るんだな」

「そういうことになります。スイスの口座に入りますから、向こうでお使いください。とりあえずは二千です。使いきれなくても、くれぐれも日本に持ちかえらないようにお願いします。その場合は、モナコのカジノにでもよって、使い切るもよし、儲《もう》けた場合は次回の楽しみのためにお預けを。博打《ばくち》の勝金ぐらい目くらましな方法はないのです」

洗浄の仕方までアドバイスする。

青木からの金はあくまで、中村の個人口座に振り込まれる。爆風会の闇資金の洗浄用としての口座だが、もともと中村がもっていた口座だ。

爆風会がこの口座を高く買ってくれた。

スイスの各行はかつては徹底した秘密主義を貫きマフィアのアングラマネーや資産家の税逃れの資金を受け入れてきた。

だが現在ではそうはいかない。犯罪絡みの金とわかれば、すぐに凍結し当事国への返還にも応じている。

口座開設の審査も慎重だ。

しかし、取引実績のある口座であれば疑われることはない。中村の口座から上津の秘書が現地で引き下ろし、ヨーロッパ圏内で使ってくるぶんには、何ら疑われることはないのだ。

「わかっているさ。使いたいのは、来月の外遊での個人経費としてだ。現地で使える金に余裕があると、先々の交渉をしておけるというものだ。東京の次のパリやその次のロサンゼルスでの権益を確保しておきたい」

「ぜひとも活用してください。パリでもお世話になりたいことはたくさんあります」

スイスのローザンヌはいわずと知れた国際オリンピック委員会の本部のある地だ。

ここではオフィシャルスポンサーや競技用品のサプライヤーになりたい企業が激しいロビー活動を展開している。当然、裏金が飛び交っている。

上津は、日本企業の代弁者として、さまざまな工作をしているのだが、表立って、それらの企業から献金を受けるわけにもいかない。

六年前、その調整役として中村が、上津に取り入ったのである。

NPO法人スポーツドネーションは企業献金の受け皿として活躍することになったのだ。

「さすがは元外資系投資会社の敏腕《びんわん》コンサルタントだ。上手な絵を描いてくれたものだ。世田谷《せたがや》のスポーツクラブの部長などしているのはもったいないな」

「いいえ。それぐらいが、よい隠れ蓑《みの》になっています」

中村は、笑った。

「ところで歌舞伎町の事件。その後の捜査状況はわかったかね」

上津が、ギョロ目を剝《む》いた。

「いいえ。それがどうにも解せないんです」

「どういうことだ?」

「マル暴刑事がふたり死んでいるはずなのですが、新宿七分署はまったくこれを公表していません。それどころか警視庁の捜査一課も組織犯罪対策部もまったく動いていない。逆に先生の方から、それとなく探ってもらえないでしょうか？」

中村は陳情した。

上津がたるんだ頬を手のひらで撫《な》でた。思案している様子だ。

「いや、それは藪蛇《やぶへび》になるだろうからやめておいた方がいいだろう」

上津がにやりと笑った。

政治家とヤクザが、ポーカーフェイスのチキンレースをしたらいい勝負になる。どちらも本音を隠すプロだ。

上津が、歌舞伎町爆破事件の捜査状況を知らないはずがないのだ。霞が関の各省庁はもとより自衛隊や警察内にも多くの犬を飼っているとのことだ。

「やはり警察も爆風会から政界ぐるみの不正がバレることを恐れているということでしょうか」

「聞きたいのはわしのほうだ」

上津が苛立《いらだ》ちの声をあげた。

警察内の動きがおかしい。そういうことだ。

中村はもうひとつの陳情をした。たったいま二千万円の寄付をしたばかりだ。相手が機嫌のいいうちに頼み事はしておきたい。

「四月に『走り三段宙返り協会』を設立したく思います」

「なんだよ、それ」

上津が葉巻を落としそうになった。顔が和んだ。

「説明は追って致します」

「それで。わしになにを？」

「名誉総裁をお願いします。会長には青木久彦が就きます」

「おうおう、またぞろ助成金を引っ張りこむつもりだな」

上津はまた葉巻の煙をはいた。

「ＮＰＯ法人の助成金などたかが知れていますよ。ただしこの競技を広めるという名目で様々な事業を起こせるんですよ」

今夜はここまでにした。専用競技場の建設や、用具の製作など利権は山ほど生まれることになる。

「好きにしろ。事務所の田中《たなか》に言っておく」

これで決まりだ。またひとつ食い物にできるスポーツを見つけた。

中村はそれでバーを出た。

タクシー乗り場に向かいながら、サイドポケットから、スマホを取った。

竹内美菜子に電話する。

美菜子はすぐに出た。

「どこにいる?」

「ニューオータニに部屋を取っています」

「すぐに、カプリに行け。上津はひとりで退屈そうだ」

「わかりました。その代わり明日、出勤したら私のこともロンダリングしてくれますね」

めずらしく甘ったるい声を出してきた。

「あぁ、シャワールームで隅々まで丁寧に洗ってやる。明日であのジムもいったん閉める。ベンチプレスセックスというのもいい」

「楽しみですね。では、久々に仕事に行ってきます」

電話は切れた。

美菜子はもともと泡嬢だ。一発やることになんら抵抗はない。

度胸もいい。

ソープで稼いだ金を持ってマカオに勝負に行ったのだそうだ。

勝ってソープを一軒買い取る気だったそうだ。

ところが、カジノは甘くない。世の中そういうものだ。根拠のない自信だけで張る勝負というのはだいたい負けるものだ。

結局すっからかんになり、マカオの売春クラブでまた一から出直しになった。

だが、そこから美菜子は有卦《うけ》に入った。

娼婦として大杉に見初められたのだ。

美貌と頭の回転の良さを気にいられ、美菜子はマカオの売春クラブを一軒任されることになる。

ネットで日本から出稼ぎ風俗嬢を募ったところ想像以上に女が集まった。この女たちをつかったジャパニーズクラブがブレイクしたのだ。

出稼ぎヤクザと出稼ぎ風俗嬢。

息があったようだ。

その頃中村もマカオにいた。

華僑の投資家を通じて、大杉を紹介されたのだ。経営コンサルティングを依頼された。

闇の商売ほど自由な発想はないと思った。縛りがないのだ。

『中村の頭脳と、俺の腕力と、美菜子のおまんこがあれば無敵だ』

大杉のこの一言で決まった。

大杉の日本ヤクザに対する怨嗟《えんさ》は半端ない。

力がすべての暴力団の世界で、負け犬の悲哀を味わった大杉は捲土重来《けんどちょうらい》を期して日本に戻ったのだ。五年前のことだ。

メインロビーを出てすぐにあるタクシー乗り場には誰も待っていなかった。ベルが手を挙げるとすぐに一台進んできた。

座席に座ると同時にスマホが震えた。大杉からだった。中村は慌てて出た。

「中村です」

「女もいねぇ海にいるのは、もう飽きたぜ」

「ひょっとしたら、そろそろ戻ってもいいかと思います。警察は、事案自体を隠蔽している様子ですね」

「なるほど、俺たちを使ったオリンピック誘致の裏工作の実態を、まだばらされたくないということだな」

大杉が勝ち誇ったように言う。

「ええ、目論見《もくろみ》通り、開催後十年は隠蔽されると思います。絡んでいた政治家の多くは七十代。十年経てば引退しています。また関わった役人たちもほとんどがいまは五十代。十年経てばみんな定年退職していなくなります。その頃に発覚しても、検証なんてしようがないですよ。次の次のロサンゼルスだって終わってしまっている頃ですから」

「だったら遠慮することねぇな。歌舞伎町はごっそりいただいてしまおう」

「歌舞伎町には、我々が手を出す必要はないかもしれません。的場というマル暴の調整役がいなくなったんですから、バランスは崩れますよ」

「抗争が起こるってか?」

「はい。我々と違って、メンツにこだわる連中です。ちょっとしたことでもいざこざになりますよ。奴《やつ》らに勝手にトーナメント戦をやらせて、優勝したところを叩《たた》き潰せばいいんです」

「俺もそう睨《にら》んでいる」

「それよりも、表ではスポーツ利権を、裏では風俗利権をがっちり固めることです」

「似てるよな。運動とセックス」

大杉がいって笑った。

「それよりスタンレーが、模擬カジノに都合のいい案件を踏んだようですが」

「スタンレーって、クロサギの山下《やました》のことか？」

「そうです」

クロサギとは極道言葉で、玄人《くろうと》詐欺師を騙《だま》す詐欺師ということだ。

山下は日本で大物ヤクザを嵌《は》めて、土地をかっさらおうとして失敗。マカオに逃げてきたところを大杉に拾われ、以来和僑マフィアとして生きるようになった。

日本時代に考えついた詐欺企画をつぎつぎに上海や香港でも成功させ、爆風会に金をもたらした。

上海ではいまがオレオレ詐欺のピークだ。中国富裕層の老人は孫のためならすぐに金を出すそうだ。

また登記書類が役人への賄賂でどうにでもなる北京や上海では地面師詐欺が自由自在だ。そういう意味で、日本は半導体では負けたが、犯罪の企画ではまだまだ先進国である。

山下は現在は帰国中で、六本木の外国人バーに出入りして、各国の諜報員《ちょうほういん》の情報を集めている。和僑マフィア最大の顧客、中国に売っているのだ。

「山下が何を拾った？」

「スタジアムでやる競技会だそうです。それも特殊スポーツばかりの」

「ほう。特殊スポーツというのが参考になるかもしれないな」

「既存スポーツと異なり、顧客にとっても新鮮かもしれませんね。これで試してみるのがいいかもしれません」

中村は大杉にスポーツ賭博の胴元になることを勧めていた。日本にカジノが誕生するのは、まだまだ先の話だ。それよりもオリンピックをギャンブル化してしまった方が手っ取り早い。

「スタジアムなら百人ほどのギャンブラーがいても目立たないな」

「それとスタジアム売春のリハーサルにもなります」

「わかった。進めていい。俺も早く海から上がりてぇよ」

「二週間後の開催日には、オッズ表を見ながら投票できるでしょう」

「あぁ、フェラチオもしてもらいながら、な」

「そちらも、きちんと手配しておきます」

「ところでよぉ中村。あのトレーナーの女の行方《ゆくえ》はわかったか？」

岩木乃愛のことだ。あえて話題にしなかったが、やはり大杉は聞いてきた。

「それが、まだで」

「たこっ。おまえは計算は働くが、荒事《あらごと》はからっきしだめだな。実家の親兄弟を攫《さら》え。担保にしておくんだ」

「それが、翌日には、実家がもぬけの殻で。住民票を置いたまま、両親も兄も消えました」

二日前のことだ。

「あんだってぇ？」

大杉の声が裏返った。もしそばにいたら、鉄拳が飛んできたところだろう。中村自身もこの状況が不気味でならないのだ。

サラリーマンの父親も兄も会社も辞めている。

全員、どこかへ消えた。

「そんなことするのは、同業者かどっかの諜報機関だ。中村、すぐに若い者を動かせ。命取りになる前に皆殺しにして、オホーツク海にでも沈めてしまうんだ」

「いや、うちの若衆を動かすのは危険すぎます。すぐに手出しはしてこなくても警察は爆風会の情報を着々と集めているに違いないのです。下手《へた》に別件逮捕されれば、妙に正義感のある刑事とかがまた出てこないとは限らないですから」

中村は必死で抗弁した。リスクマネジメントも仕事の内だった。

「ちぇっ。おめえは本当に腰抜けだなぁ。わかった、その件については俺が提携先と詰める。おまえは金儲けのことだけに専念していろ」

大杉が電話を切った。

提携先とは上海機関の日本潜入員に違いない。ときどきコラボはするが、あまり懇意にはしたくない人間たちだ。

中村は、山下に電話をすることにした。まずは金儲けの段取りだ。

山下はすぐに出た。

「例の特殊スポーツイベントの件、接触してくれ。そのキャスティングプロデューサーとか言う女を巧《うま》くつかって、いずれ取り込もう」

「わかりました。俺のことを本気でマカオ人だと思っていますから、いずれ向こうに連れて行って、やってしまえば、どうとでも動かせるでしょう」

「それは先々でいい。まずチケット百枚を取れ。そこにうちの顧客を招待する。体操の審査員やカジノ進出を考えている企業の連中だ」

「なるほど。そこで勝利者投票券《バケン》を買わせるんですね。あ、馬じゃないからヒトケンか」

「スポーツドネーションを使って、女八十人を入れる」

「残り二十人は？」

「おまえ、男を用意しろ。顧客には熟女の体操審査員もいれば、風俗上がりの投資家もいる。六本木の枕ホストを調達してくれ」

「それは簡単です。半グレの山手連合は男のデリヘリもやっています」

山下が言った。想像しただけでストレートの中村は胃が痛くなった。

「そういう時代か」

「そういう時代です。組み合わせも多様化しています」

一見どうでもいい話だが、非合法ビジネスをしている者や詐欺師はこういう情報も活用する。

「わかりました、チケット百枚と、競技の詳しい内容を聞き出してきます。内容を聞き出したら、マカオのブックメーカーに掛け率表を作成させます。なぁに運営のテストなら、内容は多少甘くてもいいでしょう」

「ばかいうな。配当金は俺が調達するんだぜ。大穴の優勝者でも十倍までにしておけ」

「わかりやした」

タクシーは早くも青山の自宅マンション前に到着していた。

「こうやって、後ろへ回転するタイミングで、股間が天井を向いた瞬間に膣《ちつ》をきゅっと締めるように教えていました」

3

岩木乃愛が、実際にやって見せた。警視庁の柔道場だ。

洋子は目を瞠《みは》った。

両脚を大きく開いたまま、バンっと床を蹴ると、乃愛の頭が高く上がり、背中が後ろに反っていく。

「ほら、この瞬間ですっ。筋のところ見てください」

乃愛は紺のレオタードを着用していたが、ジムで見たときとは違い、股布がずいぶんと薄かった。

平べったい女の股座《またぐら》に、くっきりと淫筋が割れて見える。

初めてスポーツクラブで彼女を見たときに、松重は目を凝らして見たがっていた筋だ。

「なんかヒクヒクして見えたけど、なんのために膣を締めるの？」

「一般客には『丹田《たんでん》に力を入れる』という言葉で教えていたんですが、広報の竹内さんが、秘密特訓チームには『膣孔を締めろ』といった方がわかりやすいからと言ってきて。実際、私もそこを締めて跳んでみると、確かに理解しやすくて」

今朝、実際に現場に居合わせた新宿七分署の生活安全課の女刑事篠田涼子が、警察庁にやって来て、当日の風俗嬢の様子を教えてくれたのだ。

爆破事故で、風俗嬢の検挙もままならなかったと悔しがっていたが、その特殊なプレイスタイルを聞いた乃愛は怒りに打ち震えていた。

着地して言う。

「風俗プレイをするために、私はバク転を教えていたのかと思うと、悲しくなります。まだ武術として転用されていたのなら、とさえ思ってしまいます」

乃愛は顔を曇らせた。

「微妙ね。売春自体は犯罪だけど、性行為は自然な行いよ」

洋子は慰めた。慰めになったかどうかはわからない。

「どちらにしても、私としては悔しいです。体操は健康のためにあるものです」

気持ちはよくわかる。

だが、一度習得すれば、その技をどう使おうが人の勝手だ。

洋子は、自分もバク転を覚えたいと思った。バク転が出来るキャリアはそうそういない。

「それって、どのくらいで覚えられるもの？」

「普通の運動神経があれば、一週間でマスターできると思いますが」

「教えてくれる？」

「課長がバク転ですか？」

「私、最近、女性ＳＰに柔道とかキックボクシングを習っているのよ。普通の運動神経はあると思うの。特訓してくれない？　出来れば、性安課の女性刑事、全員にバク転を覚えさせたいの」

「課長もバク転を武術として使うつもりですか？」

「うん。側転も含めて護身術としても使えるわ。これ、男性刑事もふくめて性安課は全員マスターするべきよ」

「性安課全員、バク転ですか？」

「そう。せいの、で全員バク転」

「そりゃ、敵も驚くでしょうね」

「クルクル回って拳銃の弾丸も躱《かわ》せないかしら」

「香港映画じゃないですから無理だと思います」

「じゃぁ、さっそく教えてくれない?」

「わかりました。最初はマットがあったほうがいいです」

「マットはないわね。あそこに布団ならあるけど」

洋子は、道場の隅に積み上げられた布団の山を指した。めったにないが警視庁そのものに捜査本部《チョウバ》が立ったとき、柔道場と剣道場は捜査員の仮眠室となる。そのときに使う布団の一部が隅に積まれていたのだ。

ちなみに亜矢はこの道場でエッチしてしまったことがあると豪語していた。

相手はイケメンのSPで、お互い休日に、柔道の乱取りをしていたところ、寝技からそうした状況に突入してしまったのだそうだ。

ただのスケベ同士だ。

亜矢いわく『袈裟固《けさがた》めファックは、横ハメに近い』そうだが、洋子にはさっぱり意味がわからない。

もとより豪語すべきレベルの話ではない。

乃愛が敷き布団をひとつ用意して丸めている間に、洋子は、道場の隅で着替えた。男はいなかったので、スカートスーツを脱ぐ、平気でブラジャーとパンティになり、濃紺のジャージに着替えた。

ジャージの色など特に決まりはないが、警察官は紺色系統を好む。

「準備が出来たわよぉ」

洋子が振り返ると、乃愛にあっさり言い返された。

「すみません、ブラジャーは外してください。思い切り胸をそらせるので、そのお洒落《しゃれ》なブラでは締め付けがきついと思います。次の練習から伸縮性のあるスポーツブラを着用してください」

そういうものなのか?

洋子はもう一度ジャージの上を脱ぎ、黒のブラジャーを取り、すぐにまたジャージを被《かぶ》った。

乳首に綿の裏地が当たって微妙な気分だ。

「では、いいですか。私と同じ体勢を取ってください。まずは両手をバンザイをして」

乃愛と同じポーズを取った。ジャージの胸が引き上がって、乳首が浮き出てしまった。ポチッとふたつ、かなり恥ずかしい。

「次に踵《かかと》を上げて、爪先に力を入れてください」

乃愛が同じポーズをする。真似《まね》てみた。

「このときにイメージしてください。足を蹴るイメージではなく、頭と肩が後ろに跳ぶというイメージです。腰の力も抜いて」

そういわれても緊張した。

「後ろに跳ぶと意識するよりも、ジャンプするという気持ちが大切です。垂直でいいので何度かジャンプしてみてください」

言われた通り、何度か垂直に跳ねてみた。

「身体能力というのは、ある程度イメージで引き出されます。高い所から後ろ向きに落ちることをイメージしてください」

その方が怖い気もするが。

さらに何度かジャンプしているあいだに、身体《からだ》がほぐれてきた。跳ぶというイメージが徐々に頭の中で固まる。

「一回やってみましょう。大丈夫です。私がサポートします。いいですか、いちにのさんで、ばんっ、ですよ」

乃愛が、そう言った。言いながら、一度やって見せる。この子にとっては、バク転は肩まわしぐらいのようなものらしい。

「さぁ、跳んでみてください」

　乃愛に促された。

　まだ、まったく自信がなかったが自分から言い出したことだ、やってみるしかない。洋子は、爪先を立て、こっそり膣を絞りこんだ。

「いち、にぃ、さんっ」

　乃愛の声に合わせて、爪先を蹴り、頭と背中を後方に跳ばした。

「あっ」

　腰が先に落ちた。小さな恐怖心からだった。

　結果はバク転でも、後方転回でもなく、のけ反り、腰砕けだった。

「ごめん、私、本当に身体能力、低いわ」

　布団の上に、倒れたまま、情けない声を出した。

「いいえ、はじめてバク転に挑戦する人はたいていこうなります。もう一度やりましょう。いまの感じなら、イメージトレーニングだけで、必ず出来るようになります」

　乃愛に励まされた。

「もう一回、バンザイしてください」

「はい」

洋子は天井に向かって手を伸ばした。

「今度は、その手のひらで後ろの床を掴《つか》む気持ちで跳んでください」

「なるほど」

ばんっ。

チャレンジしてみた。

「おっ」

完璧ではないが、身体が浮いたのがわかった。足の裏が天井を向き、ほぼ倒立したぐらいで崩れた。

「センスあります。普通の人より会得が早いと思います。もう半分出来たようなものです」

乃愛に褒められる。この子は、指導するのが上手いのだ。

「足の裏が天井を見られるところまできたんです。最後は後ろに倒すだけです」

「それが難しいのよ。乃愛ちゃんにみたいに、くるっ、とならないわ」

「やっているうちに、身体が覚えるんです。さぁ、続けてください」

それから、乃愛の指導で、十回ほど同じことを繰り返した。

徐々に、回転が様になってきた。俄然《がぜん》面白みがわかって来る。バク転って夢中になれる。当然だが、その瞬間は何も考えない。無の境地になるのだ。

「そうです。いまできています」

十三回目ぐらいだった思う。偶然のようだが、ビシッと着地が決まった。

「OKです。それがバク転です」

ほっ。何か感動があった。正直東大に合格した時よりも達成感があるかもしれない。

「今日はこれぐらいにしましょう。体力が落ちてからのバク転は禁物です」

「それわかる」

脚力が落ちると、浮遊力がなくなり、膂力《りょりょく》がなくなると身体を支えきれず事故になる可能性がある。

「それと、私がOKを出すまで、ひとりでの練習も禁物です。トレーナーがきちんとアドバイスをしなければ、形はすぐに崩れます。我流の練習でおかしなフォームが身に着くと修正出来ないんです」

「わかった。それも凄《すご》く納得できる」

汗を拭き、畳にふたりで胡坐《あぐら》をかいた。

「仕事のことで、もうひとつ聞きたいんだけど」

バク転の練習をして頭がすっきりしたところで、切り出した。

「特訓チームのメンバーはNPO法人のスポーツドネーションが主に集めてきたというけど、どうしてそんな志願兵みたいな人たちを集められたんだろう?」

「そこは私も不思議なんです。ただみんな切羽詰まっているような感じでした。とにかく早く覚えたいという感じで。それと私のところでバク転、側転を覚えた後は平均台や吊《つ》り輪を習うんだと言っていました」

「それも武術に繋《つな》がるのかしら?」

洋子は聞いた。

「繋がると思います。課長、香港のカンフー映画をご覧になったことはありますよね?」

「うん。ジャッキー・チェンとかいまでもCSの映画チャンネルで観《み》ているわ」

「あれはほとんど特撮だと思うんですが、高い所からぶら下がってキックしたり、テーブルの上に手をついて、足を回転させる技ってあるでしょ」

乃愛が畳の上で、ポーズをしてみせた。腕を張って軽く腰を浮かせ、伸ばした脚を思い切り左右に振って見せるのだ。ブンブンと風を切る音がする。女子の競技にはないが鞍馬の上で回転させる動きと同じだ。

「なるほど、それで蹴られたら、内臓が破裂しそう」

「そういうことです」

「それは、違うところで教えていたわけだ」

「はい。光玉川スポーツ倶楽部には平均台や吊り輪の設備はありませんでした」

乃愛が肩をすくめた。

たぶん、あったら不自然だからだ。と、すればそれを教えている場所は想像がつく。朝比奈製薬体操クラブだ。青木久彦が直々に教えていた可能性がある。

と、道場に上原亜矢が入ってきた。

「スポーツドネーションの手口がわかりましたよ。いま相川先輩と小栗君が裏を取っています」

「えっ、それどういうこと?」

洋子が畳の上で腰をずらした。

そこに亜矢が座る。

「新宿七分署の涼子が執念であの店で働いていた子を探し出したんです。元ＯＬでした」

洋子は前のめりになってその話を聞いた。

二年前のことだ。

元ＯＬの名前は源氏名で彩芽《あやめ》という。当時二十六歳。従業員三十名の弱小玩具メーカーに勤めるＯＬだった。勤続四年目だった。

彩芽は、マラソン大会やアマチュアスポーツのボランティアをやりたくて、スポーツドネーションのサポートメンバーに登録し、何度か参加するようになったのだそうだ。

そこで知り合った女友達とお茶をしたりするようにもなった。そのひとりが大手広告代理店に勤めている月乃うさぎだった。

うさぎは企業が持っている年間シートがときどき回ってくると言って、サッカーやプロ野球によく誘ってくれた。

無料のチケットだったので、気兼ねをすることもなかったという。

何度か一緒に行くうちに、同じ席で、高級スポーツクラブの広報担当者とも会うようになる。その女は竹内美菜子といい、やはりスポーツドネーションに寄付をしたり用具を貸し出したりしているという。

ボランティアで一緒になったり、スポーツ観戦を楽しんだりしているうちに、女三人はすっかり仲良くなった。

さらに一年後、竹内美菜子の「従業員推薦」でその高級スポーツクラブの会員に無料でなれたという。

普通ならば入会金は三百万円する。それが無料だ。

そこで知り合う同世代の会員は、彩芽いわく貴族のような人たちばかりだったという。徐々に彩芽も見栄《みえ》を張るようになった。

あるとき、うさぎから「ベンチャースポーツへの投資」を持ち掛けられた。まだ世間には無名で競技人口の少ない「新競技」の未来の興行権を買うのだという。

勧められた競技は『スポーツ大砲』。実際に『スポーツ吹き矢』という競技が存在したので、彩芽はありえない話ではないと思った。

「パリ大会で参考競技になり、ロサンゼルス大会で正式競技になる可能性がある」と強調された。あくまでも可能性だが。

一年後には日本でも競技が始まると説明をされ『日本スポーツ大砲連盟』の設立趣意書なども見せられた。

趣意書には大物政治家や有名財界人の名前も連ねられていた。彩芽としては、まずこれで信じてしまったようだ。

そして投資方法というのが、これまた独特なものだった。

『スポーツ大砲』という競技の『興行権』を事前に購入するというものだ。相撲でいえば勧進元《かんじんもと》、あるいはコンサートや芝居の主催者になるのと同じだという。

本来、スポーツ大会はその競技の連盟が主催者になる。そのうえで、放送権を販売したり、その競技に関連する企業から協賛金を募ったりする。

その権利を丸ごと「興行権」として投資者は得ることが出来という。

いわば先物取引だ。

『スポーツ大砲』は年六回の大会を行い、その合計得点でグランドチャンピオンを決定するシステムだ。

この六回のうちの一回の権利を、先行投資者に譲渡するという。

未公開株の購入や先物取引のシステムを応用したものだと言っていい。

具体的には、五百万の投資で、五年後に年一回だけ主催者になれるというものだった。

「彩芽ちゃんが『スポーツ大砲・彩芽プレゼンツ』と銘打っていいのよ。好きな彼氏の名前を冠にしてもいいのよ」

そう、うさぎに肩を叩かれた。

「もちろん運営の実務は連盟が引き受けてくれるわよ。主催者は、まぁ、一日馬主みたいなものかな。でもね、これ実際には又売りしたほうが得なの」

と、ここで、うさぎがウインクしたそうだ。

「又売り？」

「そう。いまのうちに五百万の投資で興行権を確保しておいて、五年後の開催日が決定したころに、大手広告代理店に権利譲渡するのよ。もちろんそのときの相場でね。『彩芽プレゼンツ』とは謳えないけれど、二千万とか三千万で売れる可能性は大。これあくまでも可能性だけどね」

うさぎはそのあと、すでに某テレビ局がこの『スポーツ大砲』をワイドショーで取り上げる話や、有名タレントがこの競技に参加することが内定しているということを「ここだけの話」として、語り続けたという。

おとぎ噺《ばなし》の世界だ。

よく聞けばザルだらけの話だとわかるはずなのに、このとき彩芽は舞い上がってしまった。

　そこから先はオレオレ詐欺の立体バージョンといったところだ。

　スポーツクラブの会員の中に、ノンバンクの女性経営者がいた。ちゃんと賃貸業の免許も持っていた。

　ちゃんと持っていたというのがミソだ。ネットで調べてみるときちんとした会社だった。

　だがこの小熟女経営者はこう言ったのだ。

「経営者と言っても審査を通すには同一会社への勤務実績が五年いるのよ。来年なら、貸せるわ」

　来年なら、知合いだから、金利は基準より安くしてやれるという。

　クラブの中でも借りている女性も多くいた。

　そして、小熟女は時期を見て、こうとどめを刺す。

「一年間だけ、ちょっと高い金利のところなら紹介できるわ。一年間だけよ。来年になったらうちに借り替えればいいのよ」

　スポーツ好きの夢見るＯＬは見事に嵌《はま》った。

　金利は年利三十七パーセント。改正法施行以前の消費者金融並みだ。

結果、「スポーツ大砲」はいまだに動きだしていない。というか動くはずがない。すべては偽装なのだ。そして小熟女経営者は、一年後に言う。

「審査基準がどんどん上がっているのよ。それにあなた、二度も遅延《ちえん》しているじゃない。それがネックよ」

遅延も罠《わな》だった。貸し手から電話で「二日三日は遅れても構わない」と言われたのだ。

こうして巧妙に仕組まれ、気が付けば、払っても払っても減らない借金を抱えたまま彩芽は、クラブの正会員から特訓チームに移動になり、歌舞伎町へと転落していくことになる。

亜矢がスマホで撮った彩芽の顔写真を乃愛に見せた。

「合田《ごうだ》さんだわ。たしかに私、この人に教えました」

「この子の仇《かたき》も取らなきゃね」

亜矢が乃愛の肩を叩く。乃愛は責任を感じているようだった。

「さっき課長が言っていることがわかりました。合田さん、まだ風俗でよかったのかもしれない。工作員としてどこかの国に送り込まれたら、生死にかかわりますね。

みなさん、私にできることはありますか？」

震える声だった。

「まずは、全員にバク転を仕込むことね。他にもあなたにしか出来ないことがたくさんあるわ」

洋子は明るく言った。

セックスは罪ではない。極論すれば金品を得たとしても相手が恋人であれば問題ない。本人の意思で利益目的でセックスしても無罪だろう。キャバ嬢の色恋営業は、それにあたる。

違法なのは「むりやりやらされる」ケースだ。当人よりも強要した者、斡旋《あっせん》した者、場所を提供した者が罰せられる。

それが売防法の骨格だ。

「強要、斡旋の供述が取れたことになるわね。新宿七分署《しんななぶんしょ》に伝えて彩芽さんの身柄を保護させて。うちが面倒を見ます」

「課長、力強いですね」

亜矢が答えてくれた。すでにスマホをタップしている。

「課長。どうせなら新七の篠田涼子さんも、うちに来てもらいましょうよ。彼女も弔い合戦に参加したいのでは」

　亜矢が提案してきた。

「検討しておくわ。けど彼女は新七のエース。あまり無理には引っ張れないわ。向こうの署長の立場もあるしね。松っさんと相談してからね」

　他にも多少、気になることがある。

　亜矢が新七に電話をしている間に、石黒里美が駆け込んできた。

「ゴールデン・マカオ・ブラザーズのスタンレー王《ワン》から連絡が入りました。ベンチャースポーツに興味はないかと」

「きたわね」

　洋子は膝を叩いた。

「それで、スタジアムイベントの詳細を教えてくれないかと」

「釣り上げられそうね」

　思わずにやりと笑ってしまった。

「里美はスタンレーと折衝開始。テレビ局役には岡崎君を使って。亜矢と相川君は、中村史郎と竹内美菜子への揺さぶり」

「いやがらせ捜査をかけていいということですね」

スマホで話し終えた亜矢がいった。

「唯子と茉莉はNPO法人スポーツドネーションのボランティアに応募させるわ」

「OK、ふたりに連絡します」

一度、捜査の目途が立つと、一気に転がりだす。それも性安課の特徴だった。これも公安やマル暴に似ている。

常に敵の姿がはっきり見えているからだ。今回はここまで、和僑マフィアの爆風会しか見えなくて、捜査手順に悩んだが、これで繋がりが見えた。

ここまで漕《こ》ぎつければ、背後にいる政治家や官僚もすぐに判明するはずだ。

相手が見えれば、こちらが嵌めるだけだ。大きな舞台に悪党どもをおびき寄せればいい。亜矢が立ち上がった。

「バク転ってどうやるの？」

乃愛に聞いている。乃愛が自分に教えた通りに教えている。

亜矢はすぐに跳んだ。

一発で成功している。しかも手を離して、太腿《ふともも》の裏側に当てている。バク宙だ。

洋子も乃愛も、目を丸くした。

「なーんだ。まん繰り返しの要領じゃん」

亜矢があっけらかんと言っている。なるほど大開脚で後転すれば、バク宙になる。

洋子は感心した。

それともうひとつ閃《ひらめ》いた。

『スポーツ大砲』という詐欺企画。これを応用しない手はない。

第四章　ハニー&ソルトトラップ

1

月乃うさぎ、どこに消えやがった？

松重は、歌舞伎町で火災にあったビルを見上げながらひとり呟《つぶや》いた。

夕刻だった。黄昏《たそがれ》の光が廃墟《はいきょ》と化した風俗ビルを包んでいる。

ビルは全体像を残していた。

壁の内側に炸薬《さくやく》を仕掛け、リモートコントロールで爆発させたわけだが、威力はさほどではなかったようだ。

だとすれば、的場と金子の二名は、もったいない殉職だったと言える。

どこか腑《ふ》に落ちない。

黒幕は、本当に爆風会の大杉蓮太郎なのか？

「入れるかな？」

松重は、隣に立つ刑事に聞いた。

「かまいません。ご案内します」

柚木真司が答えた。あの夜、的場に同行した新宿七分署のマル暴刑事だ。三十五歳。柚木のことは、松重も記憶している。新宿七分署にいたころに見覚えがあった。だがさほど会話をしたこともない。

マル暴時代の松重はいつも単独行動をとるはぐれ刑事であったからだ。

柚木は元々は捜査課二係の出身のはずだ。

所轄の二係は、本庁の刑事部捜査二課の系列下にある。

二課の仕事というのは、世間にはあまり知られていない。

横領や脱税といった経済事犯の専門捜査部門で、ドラマや小説になりにくいからだ。だが、警察内部では二課系統はエリート部門である。警視庁の捜査二課長は総監への登竜門とまで言われている。

そこからどうして、真逆の組織犯罪対策係に志願した？

松重は、六年前にこの男が、自分と同じ部署にやって来た際、咄嗟《とっさ》にそう思ったが、じっくり観察している暇もなかった。

人の行動には必ず理由がある。松重はいかにも熱血漢らしいこの男の横顔を見ながら、胸の内でそう呟いた。

「五階、六階、それに屋上を見たい」

捜査報告書にあった的場たちの動きにそって検分することにした。

「わかりました。生き残った者として、可能な限り忠実にご説明します」

柚木がエレベーターへと進んだ。松重はその背中に声をかけた。

「おまえは外階段から入ったんじゃないのか？」

「はい、そうですが、的場さんはエレベーターだったもので」

「いや、おまえが見ていた角度から検証した方が、たぶん正確を期すことになるだろう。的場の視点は、的場にしかわからない。目撃者の証言を聞く場合、俺はその観点から聞くことにしている」

「勉強になります。自分は、そっちの階段から上がりました」

柚木はいったん入りかけたエントランスから方向を変え、ビルの脇にある路地へと向かった。

外階段は錆《さ》びついていたが、爆破の影響を受けずに現状を保っていた。

「自分は、この扉のロックを解除した後に、的場さんに無線を入れました」

柚木が説明を始めた。

的場がエレベーターでやって来て、店に入った直後、突入になったという。

同じように中に入る。

廊下の壁はあちこち崩れていたが、爆破の形跡はなかった。

「ここに炸薬は仕掛けられていなかったのか」

「はい、廊下の壁は爆破しませんでした」

廊下の先に広い部屋があった。スポーツジムを模した淫場になっている。乱淫用の部屋だろう。消火のために相当放水され、なおかつそのまま放置されているため、室内は黴臭《かびくさ》かった。

「おまえがパソコンのカウントダウンを見た部屋は？」

松重は聞いた。

「こちらです」

柚木が先導する。個室がいくつも並んでいるがいずれも扉が開いていた。

一番手前の部屋の前に立ち、柚木が中を指さした。

スチールデスクが並んでいた。

　壁の一部が崩れ落ちていた。

「他はすべてプレイルームですが、この部屋だけは、爆風会の事務所になっていたということです。ここにパソコンが並んでいました。的場さんは、この部屋に武器が隠匿されていると踏んでいたようです。自分に徹底的に洗えと命じ、ご自身は先に進みました。ところが、自分たちが捜索していると、数秒後に一台のパソコンが突然起動して『壁爆破』と文字が出ました。そのままカウントダウンがはじまったのです。表示は七分からでした」

　わざわざ画面で爆破と警告してくれたのか？

　その質問をぶつけようとして、松重は言葉を飲み込んだ。

「そのパソコンはいまどこに？」

　表情を変えずに聞いた。

「消防の消火活動後、証拠として署に持ち帰り、科捜研に提出してあります。ですが、放水のためにすべての基盤がやられており、復元は困難でした」

「おまえ以外に、その画面を見た人間は？」

　柚木の双眸《そうぼう》がわずかに強張《こわば》った。

「この部屋は、三人で見ていました。全員、液晶画面を見ています。警部補は自分を疑っているのでしょうか？」

「当然の質問だ。逆におまえだったらしないのか？　ひとりの目撃者の証言など誰も採用しないぞ」

松重は語気を強めた。

「申し訳ありませんでした」

「なぜ、本当に爆破すると思った？」

画像などどうとでも細工できる。フィッシング目的の偽装警告と同じだ。『早くOKボタンを押さないとファイルがすべて失われます』というやつも急がせるためにあと何秒と出る。

「無視して、机の中身を改めたり、他のパソコンのファイルチェックをしていたところ、あと五分という表示で、ここの壁が小爆発を起こしました。続いて天井です」

柚木が穴が開き、黒い焦げ跡のある壁と天井の隅を指さした。

「なるほど。それでマジだと」

「そういうことです」

「そのとき、的場や金子は？」

「こちらの部屋の前にいました。ただし、自分が叫んだ瞬間に、女たちが怒濤《どとう》のように入り口に向かってきて、自分たちは身動きがとれなくなりました」

「その後は?」

「エレベーターは危険だと思ったので、自分たちは生活安全課の女警の保護をしながら、外階段で降りました」

「的場たちは?」

「それ以後は目視していません」

つまり自分たちも逃げるので精一杯だったと言いたいわけだ。そう皮肉ってやろうかと思ったが、やめた。

松重は、先に部屋へと進んだ。

金子が客として潜入していた部屋がもっとも壁が崩れていた。完璧にマトにかけられていたことになる。

その部屋の中に入った。

天井にブルーシートがかけられている。爆破で空洞になってしまったようだ。

「ちょうどこの上に、的場さんと金子さんはいたと思われます。自分たちが検証に入ったときは、おふたりともここに落ちていました」

「ふたりが屋上に上がったのは目撃したのか？」

「はい、自分たちが一階に降りたとき、見上げると、的場さんが『金子、屋上だ。隣のビルへ飛び移る』と言いながら上に上がっていく姿がありました」

「下では間に合わないと思ったのだろうな」

結果的にその判断が過ちだった。

「おそらく、そう判断したのだと思います。大杉蓮太郎も月乃うさぎも降りては来ませんでした。上でなんらかのバトルがあったのでしょう」

柚木はそう言った。

結果として爆死したのは、的場と金子だけだった。下方に逃げた者はすべて助かっている。

「屋上を覗《のぞ》いてみたい」

松重は外階段へと向かった。屋上へ出る鉄扉を開けた。夕陽《ゆうひ》が沈みかけていた。ほぼ中央に、爆破によってできた穴を覆うブルーシートが敷かれている。

無駄死にだった。

松重は夕陽を見上げた。

その彼方《かなた》で、月乃うさぎが笑っているような気がした。しかも大開脚でバク宙をクルクルとしながらだ。

舐《な》められたもんだ。

俺がその開いた割れ目に、鉄槌《てっつい》を食らわせてやる。

2

石黒里美は、帝国ホテルのラウンジ『ランデブー』でスタンレー王《ワン》を待っていた。

まだ約束の午後三時に十分ほどあった。

それでも里美はイラついていた。

持ちかける話が厄介すぎるのだ。

小栗が昨夜からスタンレーの素性を洗っていた。爆風会と繋《つな》がりがあるのはわかっていたが、スタンレー自体のプロファイリングはされていない。

それを知るか知らないでは演技の仕方も違ってくる。

ローテーブルの上に載せたスマホが鳴るのを待ちながら、里美はレモンイエローのフレアスカートに覆われている太腿《ふともも》を寄せ合わせた。

きつく合わせると股間の肉襞《にくひだ》も寄る。

あんっ。

合わせ目で真珠玉がぷちゅっとなった。

唯子から教わったのだ。

『イラつくときは、寄せマン。気が紛れる。周りに人は多すぎて角マンが出来ないときは、これに限るのよ。誰にも分らないから』

人前でも平気で角マンをするオナニストの唯子が退屈な会議のときに、そう囁《ささや》いたのだ。悪魔の声だった。

だがやってみると、不思議と気が紛れた。ガムを嚙《か》むよりも遥《はる》かにいい。

くちゃくちゃとなる音は一緒だが、出るのは下の口からだ。公衆の中でしているとスリルがあって、よけいに感じてしまう。

あぁあ、気持ちいい。

ただし、これはノーハンドオナニーの中でも、もっとも昇天スピードが遅いという欠点がある。

角マンは、両足を床から離して、全体重を股間にかけた瞬間に昇《い》く。

踵《かかと》マンは胡坐《あぐら》をかいた踵で股間を擦《こす》るという、なかなかの上級者用オナニーだが、これも踵への圧力加減で調整できる。

それに比べてこの寄せマンは忍耐がいる。ひたすら太腿をぷにゅぷにゅと寄せ合わせるだけなので、決して一気には来ない。もやっと感が、延々と続くのだ。

三分ほどで、股の間がぴちょぴちょになった。

あぁあ。

いけるかもしれないと思ったときにテーブルの上のスマホが震えた。

いや〜ん。

中途半端な気持ちのまま電話に出た。

「小栗さん、絶対私のこと監視しているでしょう。タイミングよすぎ」

「おまえ何してた？」

「いやいいです。で、スタンレーについてわかったんですか？」

上擦った声で聞き返す。

「やっとわかったよ。あの男。背乗りに次ぐ背乗りで幾重にもカバーをかけていやがった。だがとうとう割り出したよ。スタンレー王という男は、六年前に行方不明になっていた。これからそこに行く男の本名は山下純二《じゅんじ》。れっきとした日本人だ。真木課長の見立て通り、爆風会のクロサギだ。『ゴールデン・マカオ・ブラザーズ』という法人はマカオに実在する。爆風会のフロントだ。カジノで勝った客に、胡散《うさん》臭い投資話を持ち掛けるのが本業だが」

「そんな男に、あの話持ち出してもいいの？」

あの話とは真木が考え付いた『カウンター詐欺』のことだ。

「課長は、むしろクロサギだからかかると言っている。分析官だった頃のデータでそうなっているそうだ。松重さんも刑事の経験上、クロサギほど大きな嘘《うそ》に弱いそうだ。それにイベントの仕掛けなら問題ない」

「わかったわ。じゃあ、やってみる」

太腿を揉《も》み合わせながらそう返事した。

「なんか、声が色っぽいな？」

「テレホンセックスがしたいぐらいだわ」

「俺は、そんな暇ないよ。日東テレビの『真冬のジャパン・アスリート王決定戦』へ、さまざまな仕込みがあるんだ。かまってられない」

「暇があったら、テレエッチに付き合ってくれるの？」

聞いた途端に、あっさり切られた。

モヤモヤしたままだ。

「お待たせしました。さすが日本のビジネスレディ、時間前に来ていますね。素晴らしい。マカオ人はルーズで申し訳ない」

スタンレー王がやって来た。

英語を使っているが、すでに日本人だと聞くと滑稽でならない。ＣＳで見る古い日本映画のフランキー堺《さかい》やトニー谷《たに》のようだ。

「いいえ。ほんの少し前に着いたばかりです」

とりあえず太腿は開いた。相当モヤモヤしているがしょうがない。

スタンレーがいきなり切り出してきた。

「中森さんのおっしゃっていたスポーツイベント、内容を知りたいのですが」

クリトリスがそそけ勃《だ》つ。中森聖子を名乗っていたのを忘れていた。

「実は、スポーツイベントというよりテレビ番組の公開イベントなのです。オンエアはされない、いわばテレビ局の興行ですね」

「ほう」

スタンレーは、頬に手を当て、考え込むような仕草を見せた。

「本物のスポーツでなければ興味ありませんか」

「そんなことはありません。テレビで見て知っています。巨大な跳び箱に挑んだり、懸垂しながら池を渡るとかっていうやつですよね」

「まさしくそれです。今回は新種目が入ります。ＯＡをする前のテストです」

「どんな競技ですか？」

「『大射撃』です」

「大射撃？」

「射撃の拡大版ですよ。競技としての射撃は、ライフル、クレー、ピストルの三種類しかないですよね」

種目としてはさまざまに細分化されているが、おおざっぱに言えばこの三種の銃で行われる。

「詳しくはないが、そうなのですね。大射撃のほうはどんな銃を」

スタンレーは鶴のように首を回した。

「はい大砲です。バズーカ砲の部とガトリング砲の部門にわかれます。あくまでもテレビの企画イベントですから、競技制よりも見た目の派手さが優先されているんです」

里美は大げさに笑って見せた。

スタンレーの眼が泳いだ。

「確かに面白い」

「日東テレビの人が、誰かこの企画を本格的な競技にしてくれないかといっていました。いまの時点ではバラエティ班と事業部の扱いだけれど、運動部も乗り気だと」

スタンレーの喉仏が上下した。

「チケットは取れるでしょうか？」

「何枚ぐらいでしょう？」

「百枚では多すぎますか？　代金は倍払ってもいいんです」

想像以上に多い。何をする気だ？

「日東テレビはすでに一般売りは販売してしまっているのですが、私が元受けの広告代理店に掛け合います。百枚揃《そろ》えきれるかどうか……やるだけやってみます」

「中森さんは、そういうコネをたくさんお持ちなのでしょうね」

「いやいや、所詮はただのキャスティングプロデューサーです。広告代理店や企業と芸能界とのパイプ役にしかすぎません」

「いまおっしゃっていた大射撃の正式競技化。私の知り合いのＮＰＯ法人でできるかもしれません。スポーツドネーションというＮＰＯで、ベンチャースポーツの支援をしているのです」

食らいついた。

「本当ですか。それは実現できたらいいですね。ここに間もなくその打ち合わせで、日東テレビの事業部の方が来るんですよ。一緒に話しませんか」

「それでは、私の方も、スポーツドネーションの代表者を呼びましょう。ちょっと失礼」

スタンレー王こと山下純二が立ち上がった。スマホをタップしながら、ロビーの方へと歩いて行った。

スポーツドネーションに電話をするようだ。

話を聞いたスポーツドネーションは、大急ぎで『スポーツ大砲』のパンフレットを『大射撃』に書き換えることだろう。

三十分後、岡崎がやって来た。なんのことはない。二階のバーで待機していたのだ。岡崎は日東テレビの事業部員になりすましていた。実在の人物の名前を借りている。

スポーツドネーションの足立もやって来た。

どうにか、東京ドームにおびき寄せられそうだ。

大役を終えた里美はトイレに走った。指でオナニーをしなければ収まらない。

3

上原亜矢は、光玉川スポーツ倶楽部の広報相当竹内美菜子を張っていた。

『ギャレットタワー三軒茶屋』のエントランスが見える位置に車を付けている。白のトヨタ・プレミオ。平凡なセダンだ。ステアリングは相川将太が握っている。定点観測の際は、こうした町の風景に埋没してしまう地味なセダンを活用することが多い。

「仕事がなくなったので暇しているんですかね」

亜矢は相川に聞いた。

「いやぁ、あそこで広報をしていたのは、俺たちで言うところのカバーだ。本業は別にあるだろう」

光玉川スポーツ倶楽部は施設内改装のため、昨日から一か月休業となっていた。昨夜ネットのＨＰでそう告知してた。

一か月分に当たる会員費は、月末に振り込んで返すと丁寧に書かれている。

このまま閉めてしまう可能性もある。

るのは当然だ。

スポーツクラブと言っても、そもそも爆風会の触覚機関《アンテナ》だ。危険を感じれば閉めるのは当然だ。

彼らが身の危険を感じているとすれば、トレーナーの岩木乃愛の行方を摑《つか》めないからだ。警察庁は、乃愛の両親をすでに国外に移動させている。証人保護プログラムを持たない日本の警察機構では国際諜報《ちょうほう》機関が相手となった場合、限界がある。乃愛当人は警視庁で生活しているが、家族は最大の同盟国米国のＣＩＡが自慢のセーフハウスで匿《かくま》っている。その場所は、預けた側の警察庁も教えられてはいない。

竹内美菜子は、朝七時にコンビニに出た以外は、部屋に籠もっていた。

「今日は部屋の中で、どこかと連絡を取り合っているという感じですかね」

車に共済会の売店で購入した菓子パン類が五個も積んである。食料買い足しの必要を防ぐためだ。

トイレは、いくつものコンビニを使う。ひとつの店に絞ると店員に刑事だと見抜かれやすいからだ。最近の若いバイトは、それらしいことに気づくと『うちの店に張り込み中の刑事がトイレを借りにきている』などとツイートしてしまう。

まったく張り込みもしづらい時代である。

美菜子が動いたのは午後六時だった。

濃い目のメイクをして、服装もこれまでのパンツスーツ姿から、黒のニットセーターと同じ色のエナメル系のマイクロミニ。それに白のハーフコートを羽織っている。お水系の服装だ。

美菜子はマンションを出ると、世田谷通りと玉川通りの岐路にある田園都市線三軒茶屋駅へと降りていった。

「じゃっ、私、追ってくるわ」

亜矢はプレミオの助手席から飛び降りた。

「グッジョブッ」

相川に励まされた。相川はGPSで亜矢を追い、行き先付近に待機してくれることになっている。シークレットウォッチのリューズを押せばすぐにヘルプに来てくれる手はずだ。都合のいい男に近い。

亜矢は、美菜子の後を追った。地下へと降りる。ちょうど下りの電車が入ったばかりのようで、改札口から人が溢《あふ》れ出てきていた。その人込みを掻《か》き分けて、ホームへと向かった。美菜子の服装から判断して上りのホームへと降りた。

予想通り美菜子は上りホームにいた。かなり尖端《せんたん》の方に立っている。亜矢はこっそり接近した。紺色のダッフルコートに赤い毛糸の帽子。二十代後半だが女子大生っぽい格好をしていた。中はベージュのタートルにモスグリーンのジョガーパンツ。今夜は、武器の所持はない。

電車がホームに滑り込んできた。押上行きだ。同じ車両に入る。扉ひとつ分ぐらいの間隔をあけた。

渋谷。降りるのか？

美菜子は立ったままだった。渋谷からはすし詰め状態になった。表参道、青山一丁目、永田町と過ぎていく。美菜子は降りない。意外な感じがした。銀座、あるいは六本木に出るにしてもここまでの駅で乗り換えるはずだ。

さらに半蔵門、神保町と過ぎていく。

何処《どこ》へ？

地下鉄で東京の南北は一直線で繋がれているが、地上の道路はこうはいかない。相川は、おそらくかなり遅れを取ることになる。

結局終点の押上駅で美菜子は降りた。

スカイツリーへ向かっていく。尾行をつづけた。相川にメールで降車駅を知らせた。美菜子はスカイツリーへと入った。四階で展望台へのチケットを買った。

午後七時。平日でも夜景を見たい観光客が列をなしていた。亜矢も並ぶ。順にエレベーターへと進んでいく。

ここでも亜矢は同じエレベーターになるのは避けた。

ふたつのエレベーターを乗りついで天望回廊へと出た。目の前に東京の夜景が広がっていた。

美菜子の背中を探す。

「！」

美菜子は女と並んで歩いていた。

ほとんど同じ背丈だ。女は黒のロングコートを羽織っていた。回廊のガラスにかすかに女の顔が浮かぶ。

月乃うさぎ！

捜査資料に前原朋美としての写真と風俗嬢月乃うさぎの写真があった。いまは薄いメイクの前原朋美として歩いている。

間違いないわ。

亜矢はスマホを取り出した。周囲の見物客に混じって夜景を撮るふりをしながら前原朋美の横顔を動画で撮った。そのまま小栗に送信する。ただちに全員に配信されるはずだ。

続いて、イヤホンを当て、スマホをタップする。音楽でも聴いているように頭でリズムをとる。

スマホの尖端に指向性マイクがついている。

ゆっくり、ゆっくり美菜子とうさぎに近づく。

「これから女を手配しにいきます」

美菜子の声だ。

「まだ五十人隠しておいてよかったわ」

うさぎが答えている。

「でも、姐《あね》さん、これからはもっと確保しないとだめです」

姐さん？

うさぎは爆風会会長の大杉蓮太郎の妻ということか？　いや極道の場合は正式に入籍をしている必要はない。大杉が彼女を女房としてみとめればそれでいいだけだ。そうすれば組内からは姐さんと呼ばれることになる。

「エロ、テロ、どっちの要員がたりないの？」

うさぎが問い返した。

「両方です。来年は世界中のオリンピック役員がやってきます。エロ接待で写真を撮って証拠を握れば、次のロスでもいろんな工作ができるというものです」

「そうねぇ。そうすると企業にもたかれるわね」

「同時に、上海からもヨーロッパ用の女工作員のリクエストが大量にはいっています」

「生粋の日本人で中国のために働く女が欲しいというわけね」

「そういうことです」

「それこそ私たちの腕の見せ所ね。スポーツドネーションに発破をかけて女を集めさせるわ。山下がいいネタ持ってきているんでしょう」

「ええ、それはいま大杉会長と中村専務が絵を描いています」

「きっとはしゃいでやっているわね。まぁ男たちには、手のかかる仕事に精を出してもらいましょう」

まるでうさぎが全体を仕切っているような口ぶりだ。

「姐さん、朝比奈製薬のほうは決着がついたんでしょうか？」

美菜子が聞いている。体操クラブを乗っ取るつもりかも知れない。亜矢はそう思って、聞き耳を立てた。視線だけはふたりを追わないようにする。遥か彼方に東京タワーの赤い灯《あか》りが見えた。スカイツリーより背は低いが、まだまだ向こうの方が貫禄《かんろく》があるような気がする。

「どうにかなったわ」

「ほんとうですか」

美菜子の声が弾む。

「二種類とも製品化に成功したって」

話が微妙に見えない。

これはひょっとして、体操のことではなく、新薬のことか？

「最強のD除去薬とキタやコロンビア産よりも上質なコナ」

うさぎが言って、立ちどまった。夜景を見下ろしている。

「これで、東京のこの闇は全部私たちのもの」

「そうですね」

亜矢にはなんとなくしかわからない。音声も小栗のPCに届いているはずだ。

「もう、キタの船からセドリなんて面倒くさいことをしなくてすみますね」

「そうよ。ロッカ化粧品が潰されて以来、国産が登場するのよ。朝比奈製薬の八王《はちおう》子《じ》工場でね」

いまの一言で、ひとつはわかった。覚醒剤だ。ロッカ化粧品は三年前に自分たちが潰した化粧品会社。脱法コスメという名のもとに覚醒剤の変形バージョンを密造していた連中だ。

スマホに突然メールが入った。小栗からだ。

『ドーピング除去薬と覚醒剤のことだ』

たぶん、こちらが知らないと思って知らせてくれたのだと思う。

ドーピング除去薬。

亜矢にも何に使うのかわかった。スポーツ界を牛耳るためのスーパーパワーを手に入れたようなものだ。

朝比奈製薬体操クラブで、青木コーチたちのさまざまな不正をサポートしたのは、それで本社を恐喝するためだったのだ。

ヤクザ得意の総取り計画。きっかけをつくったら骨の髄までしゃぶりつくす。

放置すれば朝比奈製薬はおそらく二年で爆風会に乗っ取られるだろう。

「ねぇ、美菜子ちゃん。あなた朝比奈製薬体操クラブへ広報として出向してくれる？」

ヤクザも出向という言葉を使うのか。いよいよ食い物にするつもりだ。

「かまいませんけど、光玉川スポーツ倶楽部は、やはり捨てますか？」

「うん。物件はそのまま残して英会話スクールに変えようと思う。海外に送り込むヤクザを育てるには、まず英語ね」

「いいと思います」

美菜子が手を叩《たた》いた。

「堅気を釣り込むには、これからは学校と教室よ。特に主婦が来るようなね」

「そこで国産のコナ、味わわせるんですね」

「茶道教室なんてどぉ」

うさぎが鈴のような声で言った。

「さすが姐さん。オーナーだけあります」

オーナー？

亜矢は驚いた。ヤクザやマフィアの首領《ドン》は男だと決めつけていた。勝手な思い込みだ。

そりゃそうだ。社長も知事も大統領も女がごろごろいる。ヤクザのボスも女の時代だ。

「美菜子ちゃん。体操クラブからはじめて、うまく食い込んだら、あなた朝比奈製薬の社長よ」

「姐さん、それ本当ですか」

「人事はすべて私が決めるから」

月乃うさぎは、胸を張って出口の方へと向かっていった。

ふたりが玄関に降りると、すぐに黒のエルグランドがやってきて、うさぎだけが乗った。タクシーで追うのはリスクがありすぎる。

ここから先は、小栗の防犯カメラ解析に委《ゆだ》ねよう。

4

亜矢は、当初の予定通り美菜子を追うことにした。

美菜子は押上駅へと戻り、半蔵門線のホームへと降りた。三茶に帰るものだと思い込んだ。

そのため、美菜子がすぐ次の駅である錦《きん》糸町《しちょう》で降りたのには焦った。あわてて自分も降りたが、扉が閉まるギリギリだった。

美菜子は南口の飲み屋街へと歩いて行った。亜矢も続く。辺りにはパブやスナックのネオンが無数に並んでいた。

店名の脇にさまざまな国の名前が見える。チャイナパブやフィリピンクラブを筆頭に、ロシア、ブラジル、ベトナム、タイ、の文字。それにまとめてワールドクラブとか東欧の店などというのもある。

多国籍ストリートだ。

美菜子は中でも比較的新しいビルに入った。奥まった位置にあるエレベーターに乗っていく。亜矢はちらりと覗いたが、すぐにビルを通り過ぎた。

胸の中で五つ数えて、Uターンした。ビルに戻る。エレベーターの前に進み、美菜子の行き先階を確認する。

六階建ての四階で止まっている。店の案内板を目視した。四階には三軒はいっていた。チャイナ倶楽部《クラブ》『上海美人』、韓国スナック『ソナタ』、ロシアンパブ『バラライカ』だ。

それぞれ店内の写真をかかげている。

上海美人はステージがありチャイナドレスでポールダンスをしている女たちの姿が写っていた。どの女も身体《からだ》が柔らかそうだ。

美菜子の行先はここだろうとすぐに見当がついた。

エレベーターに乗りこむ前に相川にメールした。現在位置の確認だ。すぐに返事が来た。

近いところにいる。安心だ。亜矢は店の前まで接近することにした。

『上海美人』の前に立つと中から音楽が聞こえた。安っぽいユーロビートだ。上海でもユーロ。ポールダンスのショーをやっているのだろう。

覗いてみたい気もするが、女がひとりで入る店でもないだろう。逆に怪しまれる。

相川を呼ぶことにした。ふたりで美菜子に接触をした方が無難だ。メールしようとスマホを取り出した瞬間に扉が開いた。

ぬっ、と巨体の男が現れた。黒に白のストライプの背広。男の首は太い。頭は剃《そ》ってあった。

言葉を交わす間もなく店内に引きずりこまれた。店に客はいなかった。ステージで女が五人、ポーズを決めて立っているだけだ。たぶんオーディション。

巨体の男は亜矢の腕を握ったままだった。

「あの、ここ暴力バーですか」

「客次第で対応を変えるだけだ。あんたへのもてなしかたはこうだ」

いきなり男に頬を張られた。

「あっ」

拳ではなかったにもかかわらず、瞬間、目がくらんだ。頬骨が砕《くだ》けるかと思った。

気が付くと床に転倒していた。

スマホが遠くに飛んだ。ステージの縁まで飛んで行ったようだ。

「ごめん。その子、私が連れて歩いていたみたい。やっぱりあなたたちの監視力ってすごいわ」

美菜子の声だ。

「イルカも気を付けてくれないとな。スカイツリーで見張っていたうちの担当から連絡が入らなきゃ、危ないところだった」

巨漢の男が答えている。ヤクザの物言いとは感じが違う。

美菜子のことをイルカと呼んだが、これはなんだ？　考えられるのはコードネーム。

亜矢は頭を振り、ようやく目をあけた。

シークレットウォッチを触ろうとした瞬間、男にまた顔を張られた。

「痛いっ」

全身が痺《しび》れた。

「その時計は貰《もら》っておく」

男が亜矢の腕から時計を外し、しげしげと眺めている。リューズを押すか、さもなければ、足で踏みつけてくれればいい。そうすれば相川だけでなく、全員に緊急通報《し》が上がる。

「なんかこのスマホも、いろいろ仕掛けがありそうね」

美菜子は亜矢のスマホを拾い上げていた。

いろいろ見ているが、タップはしない。疑っているのだ。やはり犯罪のプロだ。

「GPSはこのままにしておくわ。しばらくここにいることにしておきましょう」

ということは、どこかに連れていかれるらしい。

「あー思い出した。あんた乃愛を梶が谷で尾行していた子じゃん。私、あのとき乃愛を追っていたヤクザから、あんたの写メ貰っていたから。あんた刑事さんでしょう」

美菜子が自分のスマホを眺めながら、眼尻を吊《つ》り上げた。

「やっとあんたも気がついてくれたか。ずっとわれわれはこの子を観察していたんだがね」

巨漢の男が言った。

「この女、いますぐやっちゃって」

美菜子がヒステリックに叫んだ。

「いやっ」

亜矢は、身体を反転させたが、それでどうなるものでもなかった。すぐにステージの背後から痩せた男がふたり出てきて、たちまちダッフルコートを剝ぎ取られた。男たちは精悍《せいかん》な感じがした。どちらも贅肉《ぜいにく》がない。身長は多少違っていた。

「いやっ、私に触らないで」

「それは無理だ」

背の高い方が言う。

ふたりがかりで仰向《あおむ》けにされ、タートルネックのセーターを捲《めく》りあげられた。カッコ悪いがヒートテックを着込んでいた。それも捲られる。ワインレッドのブラジャーが丸見えになった。

「なかなかお洒落《しゃれ》だ」

背の低い方が薄ら笑いを浮かべた。

「見ないで」

あっさりブラジャーを上にずり上げられる。自慢の巨乳が爆《は》ぜたが、男たちは特に感想を口にしなかった。

そこから一気に下のジョガーパンツも脱がされ、ナチュラルカラーのパンストはビリビリと破られた。

まだなにもされていないのに、見た目は完全にレイプされたようになっている。

巨漢の男がスマホを掲げて写メを撮りまくっている。

「このほうがネット受けする」

「やめてっ」

レンズに向かって叫んだが、自然に涙が出てきた。

「そうそう、その表情がいい」

巨漢の男は冷静だった。

穴だらけになったパンストをふたりがかりでひき抜かれ、とうとうハイレグのパンティ一枚にされた。

背の高い方の男が腰のストリングに手をかけた。と、美菜子が近づいてくる。

「そこは私が」

手に鋏《はさみ》を持っている。

「いやっ」

すっと伸びてきた鋏が、ハイレグの切れ上がった部分に伸びてくる。スッと切られた。左右ともストリングスから切り離される。

「あぁあぁ」

支えを失《な》くしたクロッチがはらりと前に落ちてくる。両腕はそれぞれ男たちに取られていた。

「はい御開帳」

「いあやあああああああああ」

泣きじゃくったが、女の肝心な部分が、開陳された。

「陰毛はちゃんと処理しているのね。でもハイグレを着用する人は、いっそ剃ってしまった方がいいわ。スポーツ選手はたいがいそうだから。あとで、つるつるにしてあげるね」

「余計なお世話よっ」

亜矢は太腿をぴっちり寄せて、粘膜部分を隠した。

「拡《ひろ》げて。大開脚にして」

美菜子が痩せた男たちに言っている。

「ウサギもイルカも、大開脚好きだよなぁ」

「だって、男も女も、相手のそこを見るのが一番楽しみじゃない」

「確かに」

言いながら左右の男が、亜矢の両脚を大きく拡げた。

「いやっ」

亜矢は顔を背けた。V字に拡げられた脚の付け根では、粘膜もくぱぁと拡がったようだ。

「刑事さんのおまんこって、普通より締まりがいいのかしら」

美菜子が巨漢の男に向かって、尋ねている。その眼が早く試してと言っていた。

巨漢の男が背広を脱ぎだした。

背広を着ていた姿は肥満体のヤクザに見えたが、脱ぐとその肉体は戦士のように引き締まっている。腹は横にではなく、縦に割れていた。

トランクスを脱いだ。

亜矢は目を見張った。巨漢の男は逸物《いちもつ》も巨大だった。それも笑いたくなるほどでかい。

「むりっ」

亜矢は叫んだ。

「みんなそういうが、これまで挿《はい》らなかった女はいない」

巨漢の男が近づいてきた。

脚はふたりの男に拡げられたままだ。

バズーカ砲を向けられた気分だ。

「やめて」

涙目で訴えた。セックスは嫌いではない。オナニーなどはむしろ好きだ。だけれども、むりやりやられるのだけは苦手だ。

「!」

大根の尖端のような亀頭が、粘膜の渓谷《けいこく》に当てられた。巨根は柔らかそうに見えたが、実際おしつけられると、充分な硬度があった。

「んんんんっ」

亀頭が左右に振られ、花びらを開いた。ぬるぬるしているのが自分でもわかる。

赤黒い亀頭が、とろ蜜に塗《まみ》れて光を帯び始めた。

その亀頭の尖端がわずかに下げられた。淫壺の口へと向かう。亜矢の額に汗が浮きだした。

「すぐに挿入なんて、無粋《ぶすい》よ」

せめてもの抵抗として、男を愚弄する言葉を吐いた。巨漢の男は薄ら笑いを浮かべた。

「かわいがる気はないんだよ。これは折檻《せっかん》だから」

ぶっきらぼうに言うと、ズブズブと押し込んできた。

「いやあああああああ」

細い肉路を急激に割り広げられる。疼痛《とうつう》が尻の裏まで拡散されていく。

徐々にではなく、かつて経験したことのない大きさの肉茎が、一気に奥深くまで侵入してくる。まだ完全に潤っていないので、膣壁《ちつへき》が引き攣《つ》れる。

「いやぁあああああ」

この衝撃はバージンを失ったときに似ていた。亜矢の顔がくしゃくしゃになった。

今度は引き上げられた。硬い肉の嵩張《かさば》りが、膣を逆撫《さかな》でしていく。

「ううううっ、お願い、もっと優しく」

太腿を痙攣《けいれん》させながら、亜矢は懇願した。

「スムーズに動かして欲しいなら、自分でサネを弄《いじ》って濡《ぬ》らすんだな。乳首を両方一緒に擦《こす》ると、潤いが早くなるらしいな」

巨漢の男は、腰を動かしながら、美菜子のほうを向いた。

丸椅子に座って、亜矢が挿入される様子を眺めていた美菜子は、スカートの中に手を入れ、喘《あえ》ぎ声を上げていた。もう一方の手はニットセーターの上からバストを揉んでいる。どちらの手の動きもせわしない。

「あんっ。あっ。早く抽送しているところをみせて」

巨漢の男が頷《うなず》き、また一気に尻を振りだした。

「あぅ、あっ、くぅうう」

亜矢はたまらず、右手の人差し指を股間に這《は》わせた。合わせ目から顔を剝き出している真珠玉を転がす。

「んはっ」

背中を反らせた。じゅわっと膣路の奥から粘つく潤みがこみ上げてくる。

「おぅ。これはいい。こっちも気持ちよくなってきたぜ」

ハイピッチで肉の尖《とが》りを送り込み始めた。

「あふっ、いやっ、はふっ」

悔しくてしょうがないが、抵抗感が徐々にうすれ喘ぎ声に変わりだす。

左手も自然に乳首に伸びて、弄りだす。総身がカッと火照る。一度火が付いた女の身体は、行きつくところまで行かなければ、収まりようがない。

「ぁああん」

気が付けば、亜矢は激しいピストンを食らいながら、クリトリスと乳首を捏《こ》ねくりまわしながら、男に「もっと、もっと」と懇願していた。

痩せた男たちふたりが、その周囲で動画を撮影していた。

もはやレイプには見えない。合意のもとに交わっている男女の姿だ。

5

「私たち、東京ドーム『真冬のジャパン・アスリート王決定戦』のボランティアに登録してきました」

ＮＰＯ法人スポーツドネーションに行っていた新垣唯子と指原茉莉がもどってきたところだった。

「いろいろ、やばいことも聞き込んできましたよ」

そのときだった。スマホのメールをながめていた岡崎が蒼《あお》ざめた顔で立ち上がった。

「どうしたの？」

洋子は聞いた。

「亜矢が攫われたそうです」

「えっ」

小栗が振り返った。自分のＰＣには、何も連絡がないという表情だ。

「それ、相川君から？」

洋子は立ち上がって聞いた。

「いいえ、ウラジーミルからです。自国のスリーパーから、錦糸町の上海機関の支店から日本人女性がどこかに連行されるのを目撃したと」

スリーパーとはその国の中で普通に暮らしている諜報員のことである。

「ロシアもチャイナの情報は教えてくれるのね」

洋子は首を傾《かし》げた。

「敵の敵は味方ということでしょう」

岡崎の言葉に重ねるように小栗が叫んだ。

「爆風会からメールです。『上原亜矢は岩木乃愛と交換希望。東京ドームで』とあります」

「まいったわね。これ筒抜けだったってこと？」

洋子は苛立《いらだ》たし気に声をあげた。

そこに松重豊幸が帰ってきた。今日一日、歌舞伎町をひとりで聞き込みをしていたはずだ。

松重がジャンパーを脱ぎながらまくし立てた。

「新宿七分署の組対はすでに上海機関に乗っ取られている可能性がある」

洋子は驚かなかった。

松重がすべて裏を取ってくれたということだ。

「和僑マフィアの爆風会にばかり気を取られていたが、それを日本で手引きしているのは上海機関だ」

席について、電子タバコを加えた松重は、大きく煙を吐いた。いまは喫煙を咎《とが》めている場合ではない。

「それと、新七の組対との関係は？」

そこが知りたかった。

部に上海機関の人間がいるということです」

顔に鬼が浮かんでいた。やっぱりと答えそうになってあわてて口をつぐんだ。

「課長、端《はな》から知っていたんでしょう？　それで俺に当たらせた」

鬼に嚙《か》みつかれた。

正直にはいえないこともある。

「長官が捜査一課や組織犯罪対策部を使わずに、わざわざ、真木課長に下ろしてきたってことから、内部関与ありだなと、うたがっていましたよ」

松重の言う通りだ。

少数精鋭で他部署から独立している捜査部門は性安課しかない。

そこで小栗がまたもやパソコン画面をみながら唸《うな》った。

「江の島で爆風会と接触していた陸自の吉村貴久。こいつ、新七のマル暴柚木真司と錦糸町でよく一緒に飲んでます。決まってチャイナ倶楽部にいっている」

「ふたりとも上海のスリーパーのようね」

繋がった。

洋子は深呼吸をした。

松重が絵解きを始めた
「上海機関は、自分たちに代わって日本の闇利権を押さえてくれる組織をさがしていた。そこで目を付けたのが和僑マフィア。日本のヤクザの裏をかける彼らに帰国を促し資金面でのバックアップを計った。ようやく勢力が広がりだしたところで、与党ヤクザと手を組む別の悪徳刑事的場と金子が、爆風会の存在に気がついてしまった。そこで、一気に片付ける気になったってことでしょう」

「裏で動いたのは、新七の柚木真司ね」

「そういうこってす」

いよいよ、クライマックスが近づいてきたようだ。

「うわぁ～。とうとう亜矢がやられている様子が送られてきました」

小栗が、素っ頓狂な声をあげ。別の液晶を指さした。

亜矢が騎乗位で腰を振っている。

「ぜんぜん、やられてないじゃん。これふつうの亜矢ちゃん」

唯子が、ぶっきらぼうにそう言った。

第五章　東京大開脚

1

よりによってこの日、東京ドームが雪にすっぽりと覆われていた。巨大な、雪のかまくらがそこに佇《たたず》んでいるように、松重には見えた。

決着を付けねばならない日が来た。

すべてを隠密裏《おんみつり》に片付ける。それが警察庁長官と警視総監から出された命令だった。

上原亜矢の救出と日本の治安維持のために、課長の真木を中心にありとあらゆる手立てを準備してきている。

日東テレビは捜査の内容を聞かずに全面協力してくれていた。裏で、独占取材のネタをたくさん与えてあるからだ。

松重は岩木乃愛を連れていた。

「俺から離れるなよ」

「わかりました」

東京ドームには関係者口から入った。後楽園ホールや場外馬券売り場のある通路のずっと先にある出入り口である。

一般ゲートもすでに一時間前から開かれている。スタンドにはすでに五万の大観衆がいた。

この中に相当数の警察官を潜り込ませている。真木洋子が警察庁長官を通して、動員を依頼したのだそうだ。極秘任務ということもあり、松重すらもその人数や原隊は知らされていない。

日東テレビ主催の『真冬のジャパン・アスリート王決定戦』はゲーム開始まで三十分と迫っていた。

いわばこの東京ドームが巨大な囮《おとり》部屋と化しているようなものだ。

松重はまずアリーナへと出た。

出た場所は、ちょうど三塁側ダッグアウトの横だった。

野球用のグラウンドに、グレー床が敷かれている。コンサートなどで、観客席にするときに覆うものと同じだ。

「マウンドは取りはずされているんですね」

乃愛が聞いてくる。

「当たり前だ」

乃愛は、ライトブルーのグラウンドコートを着ていた。ロサンゼルスドジャースのマークが入っている。公式グッズだ。

種目は違うがアスリートだけあって、よく似合っている。

グラウンドコートの下にはデニムのショートパンツとTシャツを着ているそうだ。この恰好《かっこう》がいざとなった時に、一番動きやすい。

Tシャツは他の女刑事たちと揃《そろ》えている。

洋子が買ってきたローリングストーンズTシャツだ。

それぞれ色は違うが、中央に巨大なあのベロマークがついている。ミック・ジャガーの舌を模したものだ。

乃愛は白地に赤と青のベロマークだ。

洋子の意図はだいたいわかる。

松重は大会役員を装う濃紺のブレザーにグレーのパンツ姿だ。襟章の位置に日の丸のピンバッジをつけている。通販で買える普通のピンバッジだ。不思議なことにこの恰好で歩いていると、周囲の人間が会釈する。

「どこかで、敵が俺たちを探しているはずだ。グラウンドを一周するぞ」

「はい」

仲の良い親子のように、乃愛と並んで、フェンスに沿ってレフト方向に歩いた。

最初の種目は『巨大跳び箱』のようだ。日ごろはマウンドのあるあたりに、すでに十五段ほどに積み上げられた跳び箱が置かれている。

あれが三十段まで上がる。

他にも人工池の上に組まれた運てい台とか、回転する巨大な丸太もあった。

番組名物であるさまざまな障害物を組み合わせた『立ちはだかる塔』も一塁側ダッグアウト前に設置されている。

ホームベースの近くにはバズーカ砲と、ガトリング砲があった。

新種目「大射撃」の用具である。

ばかばかしすぎて笑いたくなった。

乃愛はくすっと笑っている。

まだ選手の成り手がいなかったので、里美の元いた芸能プロからお笑い芸人を「大射撃の暫定王」として入れてある。ピン芸人立花郁人《たちばないくと》だ。

弾丸が凄《すご》い。使いたくはない。芸人の考案した弾丸だった。

ちょうど三塁からレフトへ向かうカーブになったあたりのスタンドを見上げた。ビールサーバーを背にした相川翔太の姿があった。

よく似合っている。

相川が、右手のホースの蛇口から紙カップにビールを注《つ》いで、客に渡しているところだった。左側にもホースがある。ここからはビールではないものが飛び出す。液体唐辛子だ。非致死性だが、吹きかけられた相手は、死ぬ思いをする。ひょっとしたら死んだ方がましだと思うかもしれない。

同じものが入ったスプレー缶を全員が携帯している。

久保田の厳命で拳銃所持の許可は下りなかったのだ。大勢の観客の眼前で、刑事が拳銃を撃つことは、絶対まかりならないと。撃たれて死ぬのはやむを得ないとまで言われた。

警察の鑑《かがみ》のような男だ。

ただしハバロネのスプレーはＯＫだという。

他にもＯＫなものだけで武器を構成している。意外とパチンコ玉とか氷といったものが思いもよらない威力になることが、過去の性安課の闘いで明らかになった。たとえ水鉄砲でも熱湯を噴き出させれば、生身の人間はナパーム弾を浴びたようにのたうち回ることになる。

スタジアムの各所に性安課のメンバーがいる。それだけではなく、長官通達の警察官も多数投じられているはずだ。全員仲間である亜矢を探しているのだ。とはいえ観客は五万人。松重は、砂浜で落としたコンタクトレンズを探すようなものだと思った。

やはりこうして人前を歩き、敵からのコンタクトを待つしかないのだ。

センター、バックスクリーンの前まで歩いてきた。

松重は顔を上げてスコアボードを見た。もちろん今日は野球ではないので使用しない。そのうえに大型ビジョンがある。今季からまた指揮をとる拳骨《げんこつ》で挨拶するのが好きな監督の映像が流れていた。

あのビジョンはたぶんは奪い合いになる。

松重はブレザーからスマホを取り出した。

まだどこからも連絡はない。

そのままライトから一塁側に向かって歩いた。
徐々にバックネットが近づいてくる。
石黒里美が用意したスポンサー席が見えてきた。ギャンブラーが百名来ていると
いうが、このスタジアムのスタンドの中では百名も一握りでしかなかった。
その席の周りに、ピンクのスタジアムジャンパーを着た女性スタッフがうろうろ
している。NPO法人スポーツドネーションが用意したボランティアの一部だ。
ボランティアはおもに会場の外やロビーでチラシ配りや案内係をしているが、な
ぜかこの招待席に関してはスポンサー接待の名目で集中的に配備されている。ボラ
ンティアというよりコンパニオンめいている。
この一団の最上段に石黒里美が座っていた。
キャスティングプロデューサーという職業を主張するかのようにブランド物のス
カートスーツを着込んでいるが、中にはベロマークTシャツを着ているはずだ。
里美の隣にスタンレー王こと山下純二がいる。黒のスーツだ。
「里美さんのふたつ横の席にいるのが私のコーチだった人」
乃愛が横で囁《ささや》いた。
スタンレーの横にいる男らしい。潜り込んでいた指原茉莉が撮った写真でしかみ

ていないが、松重にもすぐにわかった。

足立陽介だ。ボランティアと同じピンクのジャンパーを着ていた。

「ボランティアにピンクサービスをさせるはずです。実は私も、足立から六年前、オリンピック関係者と寝ろと指示されたことがあるんです」

乃愛が思い出したくないという顔で言った。

「亜矢と唯子からその話は聞いている。拒否したらオナニーの写真をばら撒《ま》くと脅されたんだろう」

「ええ、でも私は、幸いそのとき拒否したら、それ以上言われなくなりました。ただし光玉川スポーツ倶楽部でトレーナーをやれと」

「奴《やつ》らとしては、その方が乃愛を有効に使えると踏んだんだろう。いずれにしてもあいつらは今日正式に逮捕してやる。それぞれ賭博法と売防法の適用が出来る。その証拠を握るために里美はあの席にいる。手錠も持ってな」

「はい、捕まえてください」

乃愛がきつい視線を足立に送った。

「とはいえあそこに並んでいるふたりは、はっきり言って下っ端だ。要はいわれた任務をこなしているだけにすぎない」

松重は、今回の事案の構図に基づきそう教えた。

この事案が終われば、重要な性安課要員になる人材だ。刑事の勘どころを教えていかなければなるまい。

「中村史郎と竹内美菜子はどこにいる？」

松重はホームベースの位置に戻ったところで、もう一度、スタンドを見渡した。三百六十度、ぐるりと見渡す。

探しようがない。

と、そのときポケットの中でスマホが震えた。

すぐに取り出す。

液晶に非通知の文字。ついに来たか。タップして耳に当てた。この音声は、全スタッフのイヤモニターへと伝えられる。

すぐ隣の乃愛も軽く耳に手を当てた。

「松重刑事。ご苦労さまです」

柚木の声だった。

「どうした。歌舞伎町で事件か？」

「いいえ。東京ドームにいますよ」

「場内警備にでも担ぎだされたのか？」

「気が付いているのに、惚《とぼ》けるのが上手いですね」

「あいにく疑い深くてね。目視出来なければ、信じられなくてね」

「じゃぁ、バックスクリーンの上の大型ビジョンを見てください。いま主催者が場内を映し出しています。このタイミングを待って電話したんです」

松重は大型ビジョンを眺めた。

カメラがスタンドをパンニングしている映像だった。左から右にゆっくり流れる映像だ。

「あっ、亜矢さんだ」

乃愛が先に声をあげた。

ダッフルコートを着て赤い毛糸の帽子を被った亜矢が座っている場面が映った。

その横に柚木がいる。

松重は、すぐさま目印になるものを探した。三階席のようだ。広告が見えた。

『和菓子の専念堂《せんねんどう》』だ。画像はパンニングを続けすぐふたりの姿は切れてしまった。

首を回して探した。肉眼で同じものを見つけた。

三塁側にあった。

「岩木乃愛といっしょにゆっくりここに来てください。人ごみの中で交換です」

柚木が低い声で言った。

「いやだね」

松重がにべもなく答えた。隣の乃愛も驚いている。

「なんですって？」

柚木の声が裏返った。

「普通は後輩が先輩の方へ来るもんだ」

松重は平然と言ってのけた。柚木が舌打ちしているのが聞こえるようだ。

「この女がどうなってもいいのか？」

いきなりため口になる。本性を見る思いだ。

「どうなってもいいよ」

「あんた頭がおかしいんじゃないか？」

「おかしいのは、おまえだろう。おまえそれで本当に刑事かよ」

挑発してやる。

「なにが言いたい」

柚木の声が尖った。

「よく考えてみろよ。おまえが連れているのは刑事だ。こっちにいるのは国際的な謀略の証拠を握っている重要参考人だ。つり合いが取れるわけがねぇだろうが」

「この女刑事がどうなってもいいというのか？」

「あぁ、マカオにでもアラブにでも、好きなところに売り飛ばせばいい。たぶんいい仕事をする」

徹底的に突き放した。

「おっさん、妙な駆け引きはやめろよ」

柚木がイラつき始めた。

「俺たちがどこにいるのか見えているのか」

「当然だ。ホームベースのところに並んで立っているだろう」

確かにこの場所に来ているようだ。ならば時間をもっと稼ぎたい。

「おまえらのやっていることはすべてここにいる岩木さんから聞いたさ」

ハッタリをかましてやる。

「ほう、どんな情報だよ」

「まず、オリンピック誘致に関するピンク買収の件だ。女子選手に、票集めのための枕営業をさせていたそうじゃないか」

柚木が沈黙した。

松重は続けた。

「しかも開催が決まったら決まったで、二〇二〇年までの察俠協定《さっきょう》で日本のヤクザが自粛している間に、利権をかっさらおうとしているだろう」

察俠協定は、ときどきに日本を代表する俠客団体と警察が一定期間協定を結ぶものだ。サミットや国賓の来日期間など警察が国の威信にかけて防衛に専念せねばならないときに、任俠団体は一時的にその活動を自粛する。

その代わり終了後は、今度は警察側が一定期間、殺人、強盗以外の軽微な犯罪は見て見ぬふりをする。

関西の最強団体と関東の伝統的な五団体がこの協定を暗黙裡に了承しているのだ。

「ふん、グローバル時代に突入してるっていうのにそんな与党ヤクザなんてものが存在しているから海外マフィアにくいこまれてんだ」

柚木が声を尖らせた。

「隣の国のスパイのくせに偉そうなこと言うなよ。おまえら、かっさらった後にその利権を梃《てこ》に、最終的にはこの国の政権を揺さぶろうとしているんだろう」

乃愛がびっくりした顔をした。私そんなこと喋っていない、という眸になっている。

後半のふたつはただの推測だ。

だが、どちらもここまで得た情報をつぶさに並べてみればおのずと気が付く内容だ。捜査は経験だけではない。想像力だ。

乃愛のスマホの方にメールが入った。さりげなくこちらに見せる。小栗からだった。

【ビジョンに映った位置にはいません。流された映像は事前に撮ったものを、局のPCに紛れ込ませただけです。複数のカメラをスイッチングしているので、ディレクターも気が付かなかったようです。いま本当にいる場所を探し当てています。もう少し粘ってください】

まだ話せということだ。

「柚木。なんで俺がおまえが怪しいと気付いたと思う？」

しょうがない。話を延ばす。

「現場検証で俺の態度がおかしいと思ったのだろう。気が付いていたよ」

「違う。うさぎが歌ったからだよ」

「なんだって？」

とことん混乱させてやる。どこかで聞いているうさぎや美菜子もさぞかし腰を抜かしていることだろう。大杉や中村もだ。

現場検証で柚木が怪しいと気が付いたのが真実だ。

柚木がまったく安全な位置にいたこと。カウントダウンも事前に決めていた芝居と感じた。

天井から火を噴いたのは、そこだけ花火を仕込んでいたからだ。火花が散ったという割に天井は破壊されていなかった。おそらく一緒にいた刑事たちを信じ込ませるための仕込みに違いないと読んだ。

「うさぎと美菜子はロシアと繋《つな》がってるぜ」

柚木が絶句した。

手持ちの情報をフル活動させる。胸の中で小栗、急げっ、と叫びながらだ。

「錦糸町の店の情報はロシアに筒抜けだ」

「くっ」

柚木が混乱の声を上げている。

場内に突然ファンファーレが鳴り響いた。競技が始まるようだ。

乃愛のスマホがふたたび震えた。首を少し折って覗《のぞ》く。

【貴賓室五号室にいました。いま岡崎さんが接近しています】

客電《きゃくでん》が消えた。ドーム内に大歓声が起こる。跳び箱にスポットライトが当たっている。

松重は自分の方から電話を切った。

「裏に回ろう。こっちもゲーム開始だ」

2

松重は乃愛を連れたまま、東京ドームのバックヤードを走った。走りながらポケットの中で瞬間接着剤のチューブを探した。三階へあがるエレベーターに飛び込む。

エレベーターの扉が開くと、新宿七分署生活安全課篠田涼子が立っていた。

「真木課長に呼ばれて応援に来ました」

涼子が満面の笑みを浮かべている。白のレザーのショートパンツに、黒のセーターを着ていた。かなりセクシーだ。

松重はいきなり涼子のセーターを捲りあげた。

「先輩、何をするんですか」

涼子の顔が歪《ゆが》む。

白いアンダーシャツが見えた。ローリングストーンズではない。洋子も裏をとっていたようだ。

「ふんっ。おまえが、的場に餌を投げたんだろうよ。で、俺たちの情報を探ろうと、スポーツドネーションの手口のひとつを教えにやって来た」

タイミングがよすぎると思った。だから洋子はこの女に転属を求めなかった。

松重は、涼子のショートパンツの裾から指を入れ股間に迫った。指の尖端をパンティクロッチの内側に潜りこませる。

「ど、どこに指入れているんですか」

「中国人風俗嬢に手入れの情報を流していたそうだな」

先日歌舞伎町に行った際、界隈《かいわい》の闇ヘルスから聞き込んでいた。

「知りませんっ」

「的場が飛び込んだ日、くれぐれも風俗嬢にはケガさせないようにと念を押していたそうじゃないか。爆風会から言われていたんだろう」

松重は、蜜壺に挿し込んだ指をくるりと一回転させた。

「あぁっ」

涼子が首に筋を浮かべた。次の瞬間、苦悶《くもん》の表情を浮かべる。

「指に何を……」

すでに唇を震わせている。

「瞬間接着剤さ。的場と金子の命の代償だ。おまんこで償え」

さっと指を抜いた。

「あぁあああああああああああ」

涼子は泣き叫びながら、ショートパンツを脱ぎ始めた。白いパンティが見えてきたが、接着剤独特の匂いが立ち上ってきた。

「自分の指で掻き出そうなんて思わない方がいい。指が抜けなくなるだけだ」

松重は指をハンカチで拭きながら伝えた。

「うそ」

隣で乃愛が呆気《あっけ》に取られていた。

背中でエレベーターが開いた。指原茉莉が飛び出してくる。

「手錠《わっぱ》を打ってくれ。殺人ほう助だ」

「はいっ」

茉莉が、手錠を出して篠田涼子の両手に掛けた。これで当面、股は触れない。

「招待席はどうなっている？」

茉莉に聞いた。

「フェラチオ大会になっています。勝利者投票券が配られ、現金を受け取っている模様は日東テレビのカメラが押さえたそうです」

「そっちは確実だな。本郷赤門《ほんごうあかもん》署の捜査員は来ているのか？」

「招待席の周りに二百名座っています」

「用意周到だな」

「それは真木課長のことですから」

茉莉が肩を竦《すく》めて笑った。

「行くぞ」

松重は先を急いだ。

「あれ、マジくっついちゃいませんか？」

乃愛が走りながら言っている。

「薄めてある。匂いほど効果はない。精神的にショックを与えたかっただけだ」

そうじゃなければ、自分が傷害罪でワッパを掛けられる。

貴賓室の並ぶ通路に入った。

五号室の扉を引いた。

岡崎が両手を上げている。

柚木が拳銃をつきつけていたのだ。コルトガバメントだ。官給品のニューナンブやサクラM360Jよりも性能はいい。

「さすがに、銃の申請はしなかったように見えるな」

「あんな安い銃は使わないさ」

岡崎に銃口をむけたまま通路に出てきた。亜矢の手をしっかり握っている。

松重は隙が出来るのを待った。

「ここで人質交換したい。二対一ならどうだ。元公安外事課は、さすがに重要じゃないかね」

「確かに、ただのエロ担よりは価値を感じている」

松重は考えるふりをした。と、そのとき、乃愛がなにげに爪先を立てては踵《かかと》を落とす動作を繰り返し始めた。

跳ぶ気だ。

その気配を感じ取った。松重は、柚木の背後にいる亜矢に目配せした。すると亜矢も足首の回転を始めた。

「わかった。二対一なら仕方がない。というかここで銃を撃たれても騒ぎが広がるだけだ。困るのはお互い様だぜ」

言いながら、乃愛の身体を前に出した。

「成立だ。その女さえ返してもらえると、俺の役目は終わりだ。残りの人生はマカオで過ごさせてもらう」

柚木が銃口を下げ、乃愛の腕に手を伸ばした。乃愛はグラウンドコートを脱いだ。

柚木がベロマークに目をやった瞬間だった
「はっ」

乃愛の身体が背後に反り、爪先が宙に上がった。

「ぐえっ」

柚木の顎に爪先が食い込み、骨が砕ける音がした。

背後にいた亜矢が、膝を曲げた。柚木の背中がそこに落ちる。亜矢が膝頭を叩《たた》き込んだ。背骨がボキリと鳴る。

「うぎゃぁ」

柚木は絶叫した。白眼を剝《む》いている。勝負あった。

拳銃が宙に舞う。松重がキャッチした。岡崎が手錠を打った。

「外患誘致罪《がいかんゆうちざい》をつかいたいところですが、まぁ無理でしょうな」

岡崎が笑った。

外患誘致罪とは外国と通牒した者などを罪に問う事実上の国家反逆罪だが、戦前戦後を通じて訴追の例すらない。

適用の基準が明確でないため、公判維持が困難とされているのだ。法律家たちの議論も神学論争の域を出ていない。

もっともそれだけこの国の民意がまだ冷静だという証《あかし》でもある。

「まぁ、公務員法違反ぐらいで送検するしかないだろう」

守秘義務違反である。軽いようであるが、この男の場合、刑務所からでれば、上海機関かヤクザが始末をつけることになるだろう。

一度でも闇に足を踏みいれた者は、闇の中で生涯を終えることになる。

「本星を挙げにいくぞ。岩木、上原ついて来い」

松重は、踵《きびす》を返した。柚木の始末は岡崎に任せることにする。

岩木乃愛は、ときめいていた。

刑事ってすごい。

体操界の王道から外れ、犯罪者の片棒を担ぎながらトレーナーをつづけていた時期の鬱憤が晴れていく思いだ。

3

松重刑事の背中を追って、スタンド席に降りた。バックネット裏へと向かう。招待席がとんでもないことになっていた。

ボランティアと称して客の周りをうろついていた女たちが、ことごとく逮捕されている。客の男たちもだ。

回し蹴りや踵落としで、応戦しようとした体操崩れの女たちのことは、茉莉、唯子、里美がバク転蹴りで叩きのめしていた。

ローリングストーンズのベロ出しマークは痛快だった。

バク転するときに、舌を出して笑っているように見えるのだ。

真木課長の傑作アイデアだ。

スポーツドネーションの足立陽介の姿が見えた。元コーチだ。手錠を掛けられ背中を丸めていた。

その横で黒の背広を着たビジネスマン風の男も手錠を掛けられていた。警察手帳を見せているのは、里美だ。ということは逮捕されたのはたぶん、スタンレー王だ。

松重刑事は、真木課長と辺りを見回している。誰かを探している様子だ。

乃愛は、水が飲みたくなった。

アリーナでは、ローリング丸太競技が始まっていた。その次が新競技の大射撃になるはずだ。

乃愛はロビーの自動販売機を見つけた。コインを入れてミネラルウォーターを一本購入する。

キャップを開けて振り返った瞬間にいきなり肩を抱かれた。

「ねぇちゃん、付き合ってもらおうか」

黒のダブルの背広を着た中年の男が親し気に話しかけてくる。酔っ払いか？

「何をするの」

肘鉄を食らわせた。ビクともしなかった。

「俺もいちおうマッスルマニアでな。鍛えてんのよ」

強引に肩を抱かれたままロビーの人ごみを歩かされた。

売店の横に扉があった。その前にガードマンが立っている。通行証を持ったスタッフしか入れないようだ。

乃愛はテレビ局からもらった通行証を首からぶら下げていた。

「俺も関係者だといえ」

男は、さりげなく背広の前を開いて見せた。ベルトにナイフが差してある。

ヤクザ⁉

「早くしろぃ」

軽く尻を蹴り上げられた。ショートパンツの尻の底に膝頭が叩き込まれた。

「あうっ」

ちょうど股の間だった。女の大事な部分を直撃された。花びらが押しつぶされたようだ。

ナイフには勝てない。乃愛はおずおずと関係者扉に進んだ。男は肩から手を離したが、背広の裾の辺りを触っている。いつでも抜く気だ。

「あの、スポンサーの方です。選手控室にご挨拶に」

スポーツイベントではよくあることだ。体操選手だった乃愛は、こういう会場での勝手を知っていた。

ガードマンは敬礼して、あっさり通行を認めた。案外そんなものだ。

扉を開けるとそこは階段の踊り場だった。男は人の目を逃れるとナイフを抜き出した。突き立てられる。

「下だ」

顎で示された。乃愛は従った。地下に降りるといくつもの扉がある通路に出た。今日は使われていないフロアのようだ。

男はもっとも手前にあった扉を用心深く開いた。用具室のようだ。グラウンドを整備するためのトンボや、野球用のボールが詰まった籠が並んでいる。スチール机やアンパイアの制服などもある。選手ではなく裏方たちの備品置き場のようだ。

「脱げ。そのショーパンと下着を取るんだ」

男は予想だにしない言葉を吐いた。

「おとなしくしています。抵抗もしません。ですからそんなことをしなくても」

言った瞬間にナイフはTシャツの前を切り裂いた。ストーンズのベロが縦に割れる。肌が見えた。目の前で男はもう一度ナイフを振った。鋭い光が揺曳《ようえい》した。

「下から脱げ。上は後でいい」

容赦のない言い方だった。これまでの人生で味わったことのない恐怖感を持った。

「は、はい。乱暴しないでください」

言った唇が震えていた。

「バク転なんかで応戦しようと思うなよ。そんなものは俺は見切れるんだ」

男が言った。

バク転が武闘になることを知っているということだ。

乃愛は震える指で、ショーパンのホックを外した。続いてファスナーも降ろす。

片脚ずつ抜いた。

白地にピンクの横縞《よこしま》パンティだけになった。下着を見せることにさほど抵抗はない。日ごろからレオタードで股間を晒《さら》しているからだ。

だが、その下を他人に見せたことはない。さすがに乃愛は逡巡《しゅんじゅん》した。

スッとナイフが伸びてきた。腰骨のゴム紐《ひも》を切られた。

「いやっ」

乃愛は切れ目を手で押さえ、パンティが剝がれるのを防いだ。

すると男はTシャツの切れ目に刃先を挿しこみブラジャーの前バンドをカットした。谷間の位置だ。

「あっ、そんな」

Tシャツの内側でカップが左右に割れて、乳房が飛び出した。体操選手としては弱点とされた巨乳だ。

「Tシャツに透ける乳首というのは男の永遠の憧れだ」

「そんな」

乃愛はもう一方の手で開いた切り口を掻き合わせた。

「諦めろ。おまえ、今日から俺の女だ。俺は跳んだり跳ねたりする女が好きなんだ。ずっとお前に仕込んでもらった女を抱いてきたが、あいつは俺たちを利用していただけだった」

何の話かよくわからない。さらにナイフが伸びてきて、パンティの逆サイドのゴムもカットされた。必死に前を押さえる。

「おまえ、それ以上出し惜しみすると、真ん中も切るぞ。まん筋ごとナイフで開かれてぇか」

男の眼の色が、変わった。これまでも狂気じみていたが、その色が突如深まった。暴走しそうな眼だ。

覚悟を決めた。

「脱ぎます。脱ぎますからっ」

乃愛はあわててパンティの前を押さえていた手を離した。股布がハラリと前に落ちる。陰毛はない。体操選手の標準はパイパンだ。

「よしっ、そこの机に両手をついて尻を突き出せ」

「えっ」

「いちいち、ヤクザに聞くんじゃねぇ。言われた通りにやれよ」

髪の毛を摑《つか》まれた。男の眼は真っ赤に充血している。

「はいっ、はいっ、言う通りにします」

いつの間にか涙がぼろぼろとこぼれてきた。ヤクザのような男に出会ったことはあるが、正真正銘のヤクザは初めてだ。しかも大物のようだ。

すぐ脇にあったスチール机に手を突き、尻をつんと突き出した。もうなにをされるのかわかっていた。背中で男ががガチャガチャとベルトを外す音がする。男根が取り出されているのだ。

乃愛は息が詰まりそうになった。

ここでバージンなんですと泣いたところで許されるわけがなかった。むしろ男の気持ちに、火に油を注ぐようなものだ。

「もっと大きく拡《ひろ》げろよ」

崖っぷちに立つ女の背中に手を掛けるような言葉を飛ばされた。

乃愛は無言で両脚をガバリと開いた。尻のカーブの真下の渓谷もわずかに開いたようだ。

ぬちゃっ、と尖りが当たった。硬いとか太いとか、普通とか基準になるべき経験がない。

両手はバストに回されてきた。暖簾《のれん》のように開いたTシャツの間から入れた手で乳房を揉まれた。

「くっ」

こそばゆい感触だ。

「乳首がフル勃起してやがる」

耳もとでそう囁かれると、全身は一気に熱くなった。尖りは当てられたままだが、まだ突入してきていない。

「そんな、わかりませんっ」

「身体《からだ》のわりにおぼこいな」

両方の乳首を同時につまみあげられた。

「はうっ」

背中に快感の電流が走った。思わず反り返る。処女も乳首は感じるのだ。

「濡《ぬ》れたな」

卑猥《ひわい》な一言を吐いて、男は尖りで、ぬっと膣口《ちつこう》を突いた。

「あうぅうぅうう」

指すら入れたことのない狭い膣路が、むりむりと割り広げられていく。どれほどの太さが入ってくるのか知るすべもないが、固ゆで卵のようなものが入り口に突っこまれたようだ。これが男の亀頭というものか？

それでも振り向いて確認する勇気はなかった。

ずいっ、ともう一押しされた。亀頭がさらに進んでくるがほんのわずかな前進だった。

「狭《せ》まっ。入れづれぇ。てめぇ、この期に及んでしぶとい真似《まね》してんじゃねぇぞ」

男が面倒くさそうな声を上げた。稀少《きしょう》品であるはずなのに普及品のような扱いを受けて腹が立った。

「そうじゃありませんっ。私、狭いんですっ」

むきになって言い返した。それでも処女だと言ってなるものかと、足を踏ん張り、歯を食いしばった。

「ちっ、上物ぶりやがって。いまにその顔がくしゃくしゃになって、尻を振りまくるぞ」

男が亀頭を一度引き上げ、息を整えると、一気呵成《いっきかせい》に叩き込んできた。

「あぁあああああああ」

膣層が、ググと開いていく。

「あうぅうう」

道が開けていく。

「おぉおおっ、なんだこの圧迫感。まるでケツの穴だ」

一緒にするなっ。

男が怒ったように子宮めがけて全力挿入してきた。

「うわぁあああああ」

ぱっつん。

「えっ」

確かになった。ぱっつん、だ。

今度は引き上げられた。ぱっつんされた膜を鰓《えら》で逆撫《さかな》でされる。

「うわっ」

オナニーでクリトリスを触っていた自分本位の快感とは異なる、複雑な波に身体が攫《さら》われる。

ねちゃくちゃと、棹《さお》を行き来され、肉が馴染《なじ》み始めた。

いいっ、なんか、すごく、いいっ。

それが顔に出るのが、恥ずかしくてしょうがなかった。

ずいずいと抜き差しを繰り返されている間に、快感はどんどん高まってきた。

女の中心がびしょびしょになった。

動きがスムーズになったことで、男も無我の境地にはいりはじめた。乳首を捏《こ》ねまわしながら、腰をさまざまなリズムで振ってくる。互いに汗みどろになった。

「あひっ、んんぅ、んはっ」

膣の奥底からマグマが噴き上げてきそうだ。自分も激しく尻を打ち返した。

接合点が見たくて上半身を捻《ひね》ると、いきなり唇を奪われた。ねっとりとした舌が挿し込まれてくる。

「んんんんっ」

口、乳首、秘孔の粘膜三点を攻めたてられ、乃愛は狂乱した。沸点が見えてきた。

「あうぅううううう」

これがイカされるということか。イカされるのは初体験だ。

「いやああああああああ、はずかしいっ」

思わず出た言葉だ。男に絶頂の顔を見られるのだ。四肢が震えるさまを見られるのだ。そう思っただけで羞恥の極みへとおしやられ、発情に拍車がかかる。

「出すぞ」

男が言った。

どんなものが出てくるのだ？　当然それも初体験だ。

まんの穴が、期待にさらに蠢《うごめ》く。

「おぉおおっ」

男がヤクザのくせに、頼りない声を上げた。その直後、亀頭が微妙に震えた。

「くわっ」

男がほざく。

熱波の塊が飛んできた。葛湯《くずゆ》の感触。熱い葛湯だ。

子宮に浴びせられたとたん、肉層もどよめいた。わざわざと漂っていた快感が一本の柱となって、身体の真ん中から脳に向かって突きあがる。

「いくううううう。イク、イク、イク」

痙攣《けいれん》した。全身汗でびっしょりだ。

「大杉っ。ここからどう逃げる。上はもう警察だらけだぞ」

突然、扉が開いて、身なりのいい男が入ってきた。見たことのある男だ。光玉川スポーツ倶楽部の名誉会長上津正二郎。衆議院議員だ。

「おう。上津先生。いまはでねぇ方がいい。五時間もすれば、いったん収まりがつく。それまでここでしばらく待機しているのが一番だ」

これが大杉蓮太郎だ。

乃愛は膣をぎゅっ、と締めた。離してはならない。

「それもそうだな。やはり犯罪のプロは思考が違う」

上津が上着を脱ぎながら言っている。ベルトに手を掛けた。

「おうっ、先生もひと突きやんない。いま煮立っているところだ。あったまるといい」

女を風呂のように言う男だ。

大杉が棹を抜こうとした。乃愛は膣に圧力をかけた。

「ちっ。まだ物足りねぇのかよ。新しいのを挿れてもらえ」

大杉が、下品な笑い声をあげる。

そのときふたたび扉が開いた。

「大杉蓮太郎、上津正二郎、賭博開帳図利《とばくかいちょうとり》、強姦罪、及び殺人教唆で逮捕する」

真木洋子が、逮捕状を掲げた。遅れて唯子、茉莉も入室してきた。

「小栗君が、日東テレビのスカイカメラや館内カメラを駆使してふたりを追っていたのよ。大杉は、招待席から立つのが早すぎて、捕まえきれなかったけど、上津が追えたわ」

唯子がこの場所を突き止めた理由を教えてくれた。

続いて亜矢もやってきた。大杉にバックから貫かれている状態を見て目を丸くしている。

「あれれれ、乃愛ちゃん、処女じゃ？」

それは言わない約束じゃ。

「ええええええー」

と、三人の女たちが口に手を当てた。

「手錠、まだ預かっていませんでしたから。膣錠」

処女喪失は、出来るだけ悲劇的な思い出にはしたくない。この一言で喜劇にかわる。

そうよ、これは膣のワッパよ！

乃愛は、もう一度自分に言い聞かせるように胸底で呟《つぶや》いた。

これは、喜劇だ。

4

松重は三階席の南スタンドにいた。バックネットの真上といっていい。ここからアリーナと観客席を見下ろしていた。

アリーナではいよいよ大射撃が始まっていた。バズーカ砲を担いだ芸人が、天上から吊るされた凧《たこ》のような的を狙っている。ゴムまりのようなカラーボールが飛び出し、的を射ている。ほとんど子供用の遊具のノリだった。

あれは流行《はや》るまい。

耳の中でカリっと接続音がした。

「うさぎをとうとう見つけました」

イヤモニターに小栗の声が飛び込んできた。五分前に大杉と上津の確保の報《しら》せを受けたばかりである。

小栗は日東テレビの収録室に入り、すべての映像モニターをチェックしている。客席からの通報も受けていたのだ。

客席には警察庁が手配した大勢の警察官たちが、亜矢が救出された後は、うさぎと美菜子に目標を切り替えてくれていた。

「どこだ？」

「北西の三階席です。今日はアリーナの様子が見えにくいために発売されていないエリアです。その界隈にうさぎが潜んでいます」

つまりレフト側だ。見やるとそこに五百席分ほどの空席があるのがわかった。席には黒いシートが被《かぶ》せられている。

「わかった。相川を援軍に回してくれ」

「了解しました」

「課長はいまどこだ？」

「二階バックネット裏です。記者席に座って、大射撃を楽しんでいます。課長の目の前に置いてあるタブレットに僕が必要な映像を送っています」

「わかった。サポートを頼む」

松重は、北東に向かって駆けだした。

ＢＩＧＥＧＧをほぼ半周する形で、レフトからややバックスクリーン寄りのいわゆる見切れ席《デットシート》に辿《たど》り着いた。

コンサートなどでもステージの真横など、視界の悪すぎる位置は販売されず、黒いシートが被せられている。

ここだけは人気《ひとけ》がなかった。アリーナの様子も見えにくいため、寄ってくる者もいない。真正面も同じである。Ｕ字の左右尖端《せんたん》がデッドシートでカーブの部分と中ほどまでは観客がいるという構造だ。Ｕの空白部分はバックスクリーンである。

松重はその黒い雲海のようなシートを眺めた。この中にひそめば、競技開催中は、隠れ続けることが出来る。手薄になった時期に飛び出すつもりか？

何処《どこ》にいる？

じっと見つめた。

突然、黒シートの中心が持ち上がった。黒いテルテル坊主状態だ。気が付くと女が天井近くまで浮き上がっていた。

ピチピチのショーパンにタンクトップ。股がハイカットすぎてハミマンになっている。

透明なワイヤーロープを使っていた。

「うさぎ」

松重は左脚を引き、正拳の構えを取った。

「くらえっ」

天から膝が舞い降りてきた。膝と足底の動きを見切らねばならないのに、ショーパンの股間からはみ出す肉丘の左右に視線が行ってしまった。

ガツンと脳に衝撃が走った。膝頭を額に食らった。

「うわっ」

思わず片膝を突く。目の前にいくつもの光が交差する。息が詰まった。

うさぎはふたたび天に上がっていく。誰かがロープコントロールをしているのだ。カンフー映画のワイヤーアクションだ。観客はアリーナでの競技に夢中だ。大射撃のマトにカラーボールが当たる様子を夢中になって見ている。

「くそっ」

呼吸を整えているところに、第二弾が降ってきた。

「あうっ」

無防備になっている頭頂部に踵《かかと》を決められた。容赦のない速攻だった。松重は死んだと思った。

記憶が薄れ、仰向《あおむ》けに倒れた。

次は金玉を狙われる。もしくは心臓蹴りだ。

確実にやられる。

松重は、必死に目を見開いた。今度は股間にだけ集中する。狙うのはアソコしかない。ポケットのスプレー缶を探した。

「伝説のマル暴だと聞いていたので、もう少し戦いがいがあるかと思ったけど、的場よりも簡単ね」

ゆらゆらと宙を舞ううさぎは余裕綽々《よゆうしゃくしゃく》の顔だ。松重は死に体を装い、体力の回復を待った。

「的場を死なせなければならないまでの理由は何だ。単純にあいつが国産ヤクザについていたからだけじゃないだろう」

荒い息を吐きながら聞いた。

「朝比奈製薬に手を出してきたのよ。関東舞闘会の手先としてね。それは困るわけよ」

ちっ。そこだったのか。横浜の半グレ集団からスタートした関東舞闘会は、いまやバリバリの与党ヤクザだ。ならば的場は連携していたはずだ。

「体操界の利権や新薬の開発まで、的場は警察情報を駆使して関東舞闘会に流していた。だから、こっちからひっかけたのよ。バカね、的場って。朝比奈製薬の新薬開発情報をよりによって柚木に調べさせたんだから」

「柚木とあんたが組んでいたとはな」

息が整ってきた。

「しかも、的場と関東舞闘会は民自党の東堂史彦《とうどうふみひこ》にこの利権をわたそうとしたの」

東堂史彦は民自党きっての保守派だ。

的場はひょっとしてなんらかの密命を帯びていたのではないか？

「オリンピック直前でそっちに出てこられたら、私らがなんで東京開催をサポートしたのかわからないわ」

「悪いが、俺たち警察は政治とは、一番遠いところにいる。法律を犯した奴を捕まえるのが仕事だ。たとえそれが政治家であっても捕まえる」

「たいした正義感ね。でもあなたもここで眠るのよ。覚醒剤のオーバードースってことでね」

うさぎがショーパンの尻ポケットから注射器《ポンプ》を取り出した。しゅっと一吹きさせる。

「長い人生お疲れさまでした」

うさぎが軽く手を振ると、ワイヤーがスッと降ろされる。注射針を下に向けたまま急降下してきた。夜叉《やしゃ》の表情だ。

松重は、ポケットから小型スプレーを取り出した。夜叉が一瞬、首を傾《かし》げた。

「俺の方がプッシュが先だ」

股間に向かって盛大に真っ赤な霧が飛んだ。ハバロネだ。肉丘の両端がはみ出した部分に狙いをつけて、何度も吹き付ける。

「まんこが真っ赤に腫れるぞ」

「あぁあああっ」

夜叉の顔が苦渋に歪む。

さらに落下したところで、ショーパンの食い込んだ股間に人差し指をひっかけ、引っ張った。うねる紅《あか》い渓谷が丸見えになった。そこにスプレーのノズルを接近させ、プッシュした。

「ぎゃっ」

「奥の奥まで爛《ただ》れやがれ」

「不行不行《いやっいやっ》」

ワイヤーに吊るされたまま、うさぎが空中遊泳するように両手両足をばたつかせて叫びをつづけた。

「やいっ、前原朋美だとぉ？　何が和僑だ。こらぁ華志玲《ファーチーリン》。てめぇ、工作員拉致目当てに、来日したばりばりの上海人だろうがっ」

「うっ」

ワイヤーがいきなり下がり、華志玲は床に叩きつけられた。股間に手をあてたまま床をゴロゴロと転げまわっている。

「こっちも確保しました」

三階席の通路の方からビールサーバーを背負った相川が、竹内美菜子に手錠を打って連行してくる。美菜子の顔は真っ赤に濡れていた。相川がビールサーバーから噴霧したようだ。

「拭いて、早く顔を拭いてよっ」

顔を下に向け、髪を振り乱しながら吠《ほ》えていた。美菜子は品のよさそうな白いプリーツスカートを穿《は》いていた。

松重は近づきそのスカートを捲った。白い光沢のあるパンティを穿いていた。

股布をずらす。にゅるっと薄桃色の花がこぼれ落ちる。

「なにを」

答えず、花びらと陰核に向けて、ハバロネスプレーを撃ちこんだ。

「あぁあああああっ」

美菜子の眼が飛んだ。

銃弾よりも効く。

「あんたら、これで終わりじゃないからね」

床に這《は》いつくばりながら、必死で股の割れ目に手を這わせている。赤い液体を拭いているのだろうが、傍目《はため》には、野外でオナニーをする変態女だ。

「まだ何かしかけがあるのかね？」

「あそこを見て」

片手で股間を擦《こす》りながら、もう一方の手で、ドーム中央に吊るされたセンタースピーカーを指さした。

二〇一六年まで存在し、そこに当たればホームランと認定された釣り鐘のようなスピーカーシステムを今日は復活させている。

「！」

そこにライフルを構えた男が潜んでいた。その銃身は二階記者席の真木洋子に向けられている。

「吉村貴久陸曹だな」

江の島で、爆風会と接触を持っていた男だ。

「この国の防衛方針に不満があるそうよ」

華志玲はまだ秘裂を搔《か》き毟《むし》りながら言っている。眉根は吊り上がっている。

「だからと言って、あんたの国を応援することもないだろう」

「中国籍を取得すれば、来年、東京で射撃に出場できることにしているの。今日は、そのテストよ」

「撃つなら俺を撃てよ。あんたらの解放には応じる」

事ここに至っては、そう言うほかなかった。

「彼女がすべて絵を描いたのは知っているわ。ここに私たちをおびき寄せ、しかも私たちの出方をすべて先回りしたのはあの女ね。まったくたいしたものだわ。このデッドシートをわざわざ用意したのもあのクソ女。そうすれば私が逃げ込むことまで計算してた」

「確かにその通りだ。俺じゃこんなことも思いつかないし、実行力もない」

「上からの至上命令なのよ。真木洋子を排除せよって」

華志玲があそこに指を突っ込んだまま言った。

「ちっ」

舌打ちし、相川と顔を見合わせた。

小栗が狙撃者のことはすでにとらえているはずだ。なんとかして欲しい。

「あっ、ビジョンに真木課長が」

相川がスコアボードの上にある大型ビジョンを指さした。

松重は振り返ってみた。

「！」

洋子の姿がアップになっていた。センタースピーカーを見つめたまま立ち上がった。彼女もベロ出しマークのTシャツを着ていた。

片手の指でベロの部分をとんとんと指さしている。みずからマトになるようなポーズである。

だが狙う側からすればバカにされたような気分であろう。

どうしても、ベロベロバーとやられているように見えるのではないか？

果たして吉村はライフルを構え直した。

額の汗を肘で拭っている。気持ちはわかる。狙撃の気分が萎《な》えたことだろう。ビジョンは吉村の背中にある。あいつは見ることが出来ないが、ここに至っては、どうでもいいことだろう。吉村の視界は、スコープの先にだけある。

洋子がにやりと笑った。

何を余裕かましてんだ？

右手を吉村に向けた。

中指を突き上げる。欧米人が「ファック」と言うときのポーズだ。

挑発なんかすんじゃねぇ。

松重が思わず目を瞑《つむ》ろうとした瞬間、とんでもないことが起こった。

観衆の三分の一が立ち上がった。男も女もいる。

目を疑った。ほぼ一万五千人の警官動員だ。

全員、いきなりバスーカ砲を構えている。スライド式の砲身をバッグに隠していたのだろう。

「は、早く撃ってしまいなさいっ」

華志玲が絶叫した。

それより早く、四方八方から、カラーボールが飛んだ。

色とりどりのボールだ。

これは防犯用の蛍光カラーボールだ。当たって割れると、封入された液体がとんでもない悪臭を放つ。チーズの腐ったような匂いだ。

「うわぁああっ、あうっ」

吉村貴久は、コテンパンに撃ち込まれた。全身を七色に塗られ、真下に落下した。巨大なマットレスが待ちうけている。

「くっせっ」

「あぁ、くっせぇ」

「やだぁ、この匂いなんとかならないの」

一般客も、バズーカ砲を撃った警察官たちも口々にそう叫び、鼻腔《びこう》に手を充てがっていた。

辺り一面に腐ったチーズの臭いが蔓延《まんえん》している。

真木洋子が熱心に「大射撃」に取り組んでいたのは、このためだったらしい。

「なんなのよ。ハバロネスプレーとか悪臭ボールとか。この国の警察って信じられないっ」

華志玲はそう言ってゴボゴボと噎《む》せながら、なおかつひりつく股間にのたうち回っていた。連行は誰かに任せたい。

松重と相川は、洋子のいる二階席へと向かい、ゆっくり歩いた。

ビジョンにはベロ出しマークの付いたTシャツ姿で両手挙げてはしゃいでいる洋子の姿が映っていた。

運動会で勝った子供のようだ。

明日には的場と金子の通夜ができそうだ。

悪臭漂う現場だが、とりあえず弔いは出来たと思う。


（了）

初めに読んでほしい「あとがき」

こんにちは、沢里裕二です。

早いものでこの『処女刑事』シリーズも六作目になりました。これ、ひとえに読者のみなさまの熱いご支持の賜物《たまもの》でございます。

ブログやツイッターなどを一切やっていないぼくですので、直接みなさまに語りかける機会もなかなかございません。この場をお借りして、あらためてお礼申し上げます。

『処女刑事』を応援していただき。本当にありがとうございます！

そして今後も、どうか真木洋子率いる警察庁性活安全課の面々を御贔屓に願います。

思えば第一作『処女刑事　歌舞伎町淫脈』が発売されたのは、二〇一五年の二月でした。

当然、このときはぼくも担当編集者のA氏も、シリーズ化なんて、まったく想定していません。当たり前です。

官能小説は、娯楽小説の中でもとりわけ「読み切り」を前提にしているのが特徴です。

たぶん、読者はさまざまなヒロインのエッチシーンを読みたいはずで、同じ登場人物で何冊も書くというのは飽きられるだけ、という考えがあるからだと思います。

ぼくも、四年前までは、そう考えていました。

ですから『処女刑事』という企画も可能だったわけです。

一回限り、という前提ですから、処女が主役でもよかったわけです。

ところがです。

この第一作が売れました。官能小説としてめずらしく、やたら版を重ねることになったのです。まぁ奇跡ですね。売れた理由などいまだにわかりません。売れるというのは、えてしてそういうものだと思います。

まさかのシリーズ化の話が浮上しました。

「えっ、ヒロイン、処女じゃなくなったじゃないですか」

と、ぼく。

「そこをなんとか！」

と A 氏。

すかさず
「ですよねぇ」

と返すぼく。

そりゃそうでしょう。この一生に一度回ってくるかどうかわからないラッキーチャンスをみすみす「ムリ」と片づけてしまっては、罰が当たります。

かくして、タイトル詐欺防止のために毎作「新入り処女刑事」を登場させるという四十年前の刑事ドラマのような手法を取ることになりました。（二作目だけは「実は、あいつは処女だった」作戦をとる）。

何とか軌道に乗りました。一般小説のような売れ方になったようです。売り上げが伸びれば、読者の眼も厳しくなってきます。いろいろとご意見ご要望が寄せられるようになりました。ご要望は多種多様です。

「松重をもっと活躍させろ」

「洋子のセックスシーンがなくなった。彼女のシーンが読みたくて買ったのに三作目は、ないじゃないか。ふざけんな沢里！」

「性安課、広島にも来い！」

「エロよりもアクションを」

あげく、

「もっと捜査をしろ！」

です。

エロ作家に無茶を言うな！

と返したくなりますが、それもそうだと捜査にトライしてみます。

はい、ぼくは結構レビューとか見て、ご指摘ごもっともと思えば、次作で改良するタイプです。

そこで、どんでん返しや、アクションの派手さに腐心していると、

「エロくねーぞ」

と、今度はブーイングが飛んできます。

クソっ。

などとは思っていません。

これを全部入れたら、確かにもっと面白くなるような気がするのです。ぼくは読者に育てられている作家です。

ということで、今回は、アクションもあり、いちおう捜査もする。そしてエロシーンもちゃんと入れる。

という線でやってみました。

まさに「東京大開脚」です。

結構、ハチャメチャな仕上がりになりました。

舞台は東京に戻し、前半はアクション。中盤は捜査。後半に濡《ぬ》れ場中心。となっています。

はい、エロシーンは後半中心です。そこまでは、アクション中心でお楽しみください。

おなじみの処女膜殉職「ぱっつん」は、今回もギャクを一発かましています。

どうぞ、お楽しみください。

ぼくとしては、この先も、博多《はかた》や沖縄、などへ「チーム真木」を派遣させ、「ばってん、それはいかんとです、あぁ、いきなり挿《い》れっとですかっ」

とか、あるいはまた、ゆるーく、

「なんくるないさぁ。挿れてみたらいいさぁ」

などというシーンを構想中ですが、ぜひにという都市があれば、どうぞレビューなどにお書き込みください。

いずれあなたの町にチーム真木が出向き、悪を懲らしめる、というのもありです。

ただし二〇二〇年に関しては、もう一度東京を舞台にすることが決定しております。せっかくのオリンピックイヤーですから、世界中から訪れるエロの仕掛け人たちを、性安課のメンバー総出で成敗したいと思っています。

洋子と松重の関係は、次作辺りで、ふたりでばっこん、ばっこんと。

いやこれはまだ熟考中です。

もはやこの作品はぼくのライフワークとなっています。したがってシリーズはまだまだ続きます。ご期待ください。

二〇一八年十二月二十四日

世間はクリスマスイブですが、ただいま中盤にもエロシーンを増量するべく、加筆しております。

沢里裕二

実業之日本社文庫 さ38

処女《しょじょ》刑事《でか》　東京大開脚《とうきょうだいかいきゃく》

2019年2月15日　初版第1刷発行

著　者　沢里裕二《さわさとゆうじ》

発行者　岩野裕一
発行所　株式会社実業之日本社
〒107-0062　東京都港区南青山5-4-30
CoSTUME NATIONAL Aoyama Complex 2F
電話［編集］03(6809)0473［販売］03(6809)0495
ホームページ http://www.j-n.co.jp/
DTP　ラッシュ
印刷所　大日本印刷株式会社
製本所　大日本印刷株式会社

フォーマットデザイン　鈴木正道（Suzuki Design）

ISBN978-4-408-55465-5（第二文芸）

沢里裕二

処女刑事

東京大開脚